無能と蔑まれし魔術師、ホワイトパーティで最強を目指す

Muno to sagesumareshi majutsushi white party de saikyo wo mezasu

著 詩葉豊庸《Kotoha Toyonori》

ill. +風《Toufu》

リナ・アルマーク
冒険者パーティ【黒鉄闇夜《ブラリオン・ダークネス》】のリーダーで、マルクの幼馴染。
カイザー
マルクの親友の剣士。彼と共にパーティを移籍する。
カレア
マルクの両親の死後、彼を引き取った元冒険者。
マルク
【黒鉄闇夜《ブラリオン・ダークネス》】に所属していた魔術師。リナの横暴な態度に耐えかねてパーティを脱退し、【聖光白夜《ルークス・ホーリーホワイト》】に加入する。
Main Characters
主な登場人物

ステラ
エレノアとは長年の親友で、【聖光白夜《ルークス・ホーリーホワイト》】の副団長を務める。
ハクア
【聖光白夜《ルークス・ホーリーホワイト》】幹部の一人。経理担当だが、高い戦闘力を持つ。
クレア
カイザーをパーティに推薦した、【聖光白夜《ルークス・ホーリーホワイト》】幹部の一人。
エレノア＝フォン・リーヴェル
実力者揃いで有名なパーティ【聖光白夜《ルークス・ホーリーホワイト》】を率いるリーダー。マルクのパーティ加入を推薦する。

序章　ブラックパーティ

「はぁ～。ホント、なんであんたはいつもそうなの⁉」

依頼を終え、ギルドへ帰ってきた途端《とたん》、俺《おれ》、マルクは罵倒《ばとう》された。

相手は俺が所属する冒険者パーティ【黒鉄闇夜《ブラリオン・ダークネス》】のリーダーであり、幼馴染《おさななじみ》のリナだ。

「なんで怒っているんだよ。今日はお前の言う通りにしたはずだが？」

「してないわよ！　なんであんな低レベルのザコモンスターごときに手間取ったの？　有利属性まで教えてあげたのに。あんたがモタモタしていたおかげで、せっかくの獲物《えもの》を取り逃がしちゃったじゃないの！」

リナが怒っている原因は、依頼中の俺の行動にあったらしい。

俺たちパーティは、とある大型モンスターの調査依頼を受けていた。

調査自体は無事に終了したのだが、その大型モンスターを取り逃がしたため、リナは怒っているようだった。

彼女曰《いわ》く、その理由というのは、俺が一匹の中型モンスターに時間をかけていたせいだとか。

「無茶言うなよ。お前にとっては低レベルかもしれないけど、俺にとってはそこそこの相手なんだよ。それに、そこまで言うんだったら先にモンスターを追っていれば良かっただろ」

「は？　なに？　この私に口答えするの？　リーダーに口答えするだなんて、随分と偉くなったものね、マルク」

出た、毎度お決まりのセリフ。

自分にとって都合が悪くなると、百パーセントの確率で飛び出す言葉だ。

何度聞いたか分からないこの言葉に、俺は怒りを通り越して呆《あき》れてしまった。

「はいはい。すみませんね、リーダーさん」

相手にするのも面倒なので適当に謝っておいた。

これ以上下手なことを言えば、リアルファイトになりかねないからな。パーティ設立から二年間、こうして乗り切ってきたわけだし。

そもそもの話、今回の依頼内容はあくまで調査であって討伐ではない。大型モンスターの情報さえ掴《つか》めれば良かったのだ。だから取り逃がしたって何の問題もないんだが……

「全く……せっかく私の知名度を更に上げるチャンスだったのに。ゴミ虫のせいで予定が狂ったわ」

クセっ毛赤髪を揺らしながら、いつものように吐かれる暴言。

そしてリナは共に戦った他のメンバーを労《ねぎら》うこともなく、報酬金を受け取りにスタスタと受付の方へ向かう。

聞こえるように言っているのはわざとなのかそうでないのか知らんが、心からの言葉なのだろう。

この女の頭には、自分が有名になることしかない。

実際のところ、リナは昔から魔法の才能があった。

今では上位魔術師《ウィザード》という魔法職では上位の職業で、パーティランクも上から二番目のAランクと、平凡な冒険者からしたら誰《だれ》もが憧《あこが》れる華々しいキャリアを歩んでいた。

ちなみに、ランクというのはギルドに所属するパーティや冒険者の格を示す、ギルドから与えられるものだ。最上位はSで、その下はA、B、C……と続いていく。

Aランクというのはそうそう到達できるものではなく、容姿端麗《ようしたんれい》で何でもそつなくこなす彼女は、本性を知らない人からすれば羨望《せんぼう》の的だ。

まさに、非の打ち所がない完璧超人《かんぺきちょうじん》として君臨していた。

俺みたいな下位魔術師《ボトムキャスター》とは天と地ほどの差だ。

だが、彼女が完璧なのはあくまで外の部分だけ。中身はやたらとプライドの高いただのパワハラ女だった。

おかげで今まで俺を含み、どれだけの人間が被害にあってきたことか。

最初は三十人近くいたパーティメンバーも、今や十人以下。しかもそのメンバーの一部は、陰で俺がリナの代わりに土下座をしまくって、なんとか留まってもらった人たちなのだ。

もちろん、土下座しても去っていったメンバーは山ほどいる。

そしてその一部のメンバー以外は、新規に入ってきたメンバーだ。

新規の人は大丈夫なのか？　と思うかもしれないが、流石《さすが》のリナもパーティが過疎化《かそか》していくのは把握《はあく》しており、新規で入ってきたメンバーには優しくしていた。

だから、リナの本性を知るのは、俺を含めた本当に一部のメンバーだけ。

そして鬱憤《うっぷん》晴《ば》らしのサンドバックになるのも、その俺たち――というのが、今のパーティの裏事情だ。

何も言わなければ憧れの存在であるリナに近づこうと、パーティには必然的に人が集まってくる。

ぶっちゃけ、俺たちのパーティが有名なのは、リナの存在があるからである。

「くそっ、俺の努力も知らずに調子に乗りやがって……」

彼女の耳に届かないであろうことを確認してから、俺はそう陰口《かげぐち》を叩《たた》く。

俺は依頼以外の部分でも、パーティのために貢献《こうけん》してきたつもりだ。誇れることではないが、土下座の回数なら自分でも覚えてないくらいである。

もちろん、好きでやっていたわけじゃない。パーティ存続のためだ。

この二年間、理不尽極まりない暴君のせいでパーティが潰《つぶ》れないよう、プライドを捨ててまで俺は土下座に徹していた。

彼女を……リナを見捨てないでほしいと。

なんでそこまでするのかと誰もが思うだろうが、理由があった。

それは幼馴染として……というのもあるが、一番の理由は可能性を信じていたからだ。

いつかリナが、昔のような優しい女の子に戻ってくれるかもしれないと。

かつてのリナは、あんな横暴な性格ではなかった。

男勝りなところはあったが、優しくて気配りができる子だったのだ。

だがいつからか、突然豹変《ひょうへん》した。

身に付けてはいけないパワハラスキルを次々と手にして、現在のようなパワハラモンスターに至ったというわけだ。

それでも、俺は我慢し続けていた。

いつか、昔のようなリナに戻ってくれる日が来ると……そう信じていたから。

だが、それは幻想にすぎなかったと認識する出来事が起こる。

その日の夜。

家のソファでくつろいでいると、突然リナから呼び出しがあった。

部屋の窓の隙間《すきま》に、手紙が刺さっていたのだ。おそらく、リナが魔法で飛ばしてきたのだろう。

内容は、今すぐ酒場まで来いとのこと。

既に入浴も済ませて、さぁ休もう！　って時だってのに……あの暴君にとってそんなことは関係ないのだろう。

前にも何度か、こういったことはあった。

それどころか、酷い時には深夜に寝ているところを叩き起こされたこともある。

正直、死ぬほど行きたくないのだが、呼び出されたからには行かないといけない。

でないと、後で色々と面倒なことになるからだ。俺がなじられるだけならいいが、他のパーティメンバーがリナからの八つ当たりを受けることもあった。

だから俺に拒否権なんてものはなかった。

「あ、マルくん。これからお出かけ？」

「はい。少し酒場へ行ってきます」

玄関を出ようとしたところで、カレアおばさんが声をかけてきた。

カレアおばさんは、俺が住むこの家の主で、親代わりとも言える存在。

十三年前、両親が未知の感染症でこの世を去った後、俺を引き取ってくれた唯一の家族だ。

「あら、そうなの。もうお外は真っ暗だから気を付けて行くんだよ～」

「ありがとうございます。できるだけ早く帰ってくるようにします」

俺は既に寝間着姿になっていたおばさんに一言告げると、夜の街に繰り出したのだった。


「遅い！　いつまで私を待たせる気よ！」

酒場の扉を開けるやいなや、早速怒号《どごう》が飛んでくる。

まだ呼ばれてから十五分くらいしか経っていないのに、遅いとはあんまりだ。

いきなり呼ばれた身にもなれと言いたいが、更に怠《だる》いことになるのでここはグッと堪《こら》える。

「悪い、リナ。それで、俺をこんなところに呼んだ理由は？」

「理由？　そんなもん決まってるでしょ？　飲みに付き合ってもらうのよ。もちろん、あんたの奢《おご》りね」

「はぁ？」

いきなり呼び出しておいて、飲み代を奢れとか。

何を言っているんだ、こいつは。

報酬金のほとんどをリナが《こいつ》かっさらっていくせいで、ただでさえ財力に乏しいというのに。

「そんなもん自分で払えよ。俺の懐《ふところ》に余裕がないことくらい知ってるだろ」

「は？　なにその態度。あんた、今日のことまだ反省してないわけ？」

今日のこと？　ああ、あのよく分からない理不尽説教のことか。

ぶっちゃけ俺としては、自分が悪いとは微塵《みじん》も思っていないのだけれど。

「今日のこと、まだ根に持っているのか？」

「当然よ。だからこそ、あんたを呼んだんじゃない。詫《わ》びを入れてもらうためにね」

それで、飲み代を奢れってことか……なんて傲慢《ごうまん》な女なんだ。

別に俺は、人に何かを奢ることそのものに対して、忌避感《きひかん》を抱いている訳ではない。

ただ単に、奢る理由がない相手に奢りたくないだけだ。

リナみたいに自分中心に世界が回っていると思っている奴のために金を使うのは、正直なところ、ドブに捨てるのと同等の行為だと思っている。

少ないお金をそんなことに使うのなら、生活費やカレアおばさんへの親孝行に全て費やしたい。

「お前は金なら腐るほど持っているだろ？　たまに飯を奢ってもらったりしているしさ」

こいつには、美貌《びぼう》というこの上ない武器がある。

黙っていれば何もせずとも、おバカな男が勝手に近寄ってきて、貢《みつ》いでくれるのだ。

「ええ、お金ならいっぱい持っているわ。色々な人が私に投資してくれるもの。でも、それは無限じゃない。私はその辺のバカとは違って、無駄《むだ》なお金は使わない主義なの。常に先を見据《みす》えて生きているのよ」

その『先を見据えて生きている』を実現するために、どれだけの犠牲《ぎせい》が出ていることやら。騒ぎにならないってことは上手い具合にやっているんだろうけど。

「ということで、今日はあんたの奢りね。もちろん、拒否権はないわ」

リナはそう言いながら、ジョッキ片手にゴクゴクと酒を飲む。

傍《かたわ》らにはもう既に、空のジョッキが数個置かれていた。

それを見て呆れていると、リナが苛《いら》ついた調子で話しかけてくる。

「ねぇ、あんた。いつまでそこに立っているつもりなの？　他の人に迷惑だから早く座ったら？」

「……ッ！」

他の人に迷惑だとか、こいつにだけは言われたくない言葉をかけられ、思わず顔に出てしまいそうになる。

……が、ここは我慢して「悪い」とだけ言って静かに着席した。

リナはその途端に、さっきまで以上の調子で、グイグイと酒を体内に流し込んでいく。

容赦《ようしゃ》など全くなかった。

人の金で飲む酒はさぞ美味いんだろうな。

ちなみに俺は酒なんて飲める気分じゃなかったので、水しか飲んでいない。

だがリナはそんなことなど気にも留めずに酒を飲み続ける。

「はぁ～ホント、うちのパーティは無能ばかりで困るわ。ま、私が有名になるためのコマに過ぎないからいいんだけど」

流石に勢いよく飲みすぎたのか軽く酔ってきたようで、そんな罵詈雑言《ばりぞうごん》が躊躇《ちゅうちょ》なく放たれた。

目の前に俺が――そのパーティメンバーの一人がいるっていうのに。

突っ込むと余計に面倒なことになるので黙っていると、リナは更に言葉を続けた。

「あんたもあんたで無能の極みだし。幼馴染のよしみとして特別に可愛がってあげてはいるものの、情けなくて涙が出てくるわ」

俺も情けなくて涙が出てくるよ。パーティの現状も何も知らないお前に。

内心ため息をついていたら、リナの口からとんでもない言葉が飛び出した。

「天国のご両親もさぞ悲しんでいるでしょうね。おじさんとおばさんはすっごい魔法の才能があったのに、実の息子は才能のさの字もない有様《ありさま》。親代わりのカレアおばさんもよく引き取るなんて選択をしたものよ。私から言わせたら、バカげた選択ね」

「……なっ！」

この瞬間《しゅんかん》。

俺の中にあった何かの糸がプツンと切れるのを感じた。

別に俺だけならいい。

でも俺を産んでくれた両親やカレアおばさんをバカにするのは……許せない。

絶対にだ。

「まぁ～、有能な私には関係ない話だけどねぇ～」

リナは余裕綽々《よゆうしゃくしゃく》の笑みを浮かべながら、再び酒を飲み始める。

だが俺の怒りは、ほぼ頂点に達していた。

「……ゴミ女が」

「……は？」

つい口走ってしまった一言に、リナがこちらを見る。

二年間耐え続けてきたストレスが、ここに来て言葉として表れてしまった瞬間だった。

でも今の俺には、そんなことなどどうでもよかった。

「黙っていればいい気になりやがって。あまり調子に乗るなよ、おい」

俺がそう言うと、リナは眉根《まゆね》を寄せた。

「は？　あんた今、誰に向かって言っているの思っているの？　これ以上、生意気なこと言ったら……パーティから追い出すわよ」

この一言で俺の怒りは爆発。

速攻で返答した。

「あ、そ。じゃあもういいわ」

逆に、リナのこの一言が俺の救いにもなった。

何故なら……

今まで何度も考えてきたこと。

その決意を固めることができたからだ。

俺はスッと立ち上がると、お金をテーブルの上に置く。

「お前とは今日限りで絶縁だ。俺はパーティを抜けさせてもらう」

「は、はぁ……？　あんた、なに言って……」

「じゃあな」

俺はリナの言い分も聞かず、その場から立ち去ろうとする。

が、突然の俺の行動に流石のリナも焦り出したようで、その場で立ち上がった。

「ちょ、ちょっと待ちなさいよ！」

「はい？　まだ何か御用《ごよう》で？」

「ほ、本気なの？　パーティを抜けるって……」

「本気ですけど？　それがなにか？」

「な、なんでよ！　確かにさっきはああ言ったけど……」

振り返って淡々《たんたん》と喋る俺に、リナの焦りは高まっていく様子だ。

だが俺は容赦なく、自分の言葉をぶつけた。

「でも俺は無能の極みなんだろ？　そんなやつがパーティにいてもお荷物になるから、抜けた方がお前の負担にならないし、パーティのためにもなると思うんだ。どうだ、いい案だろ？」

「そ、それは……」

言《い》い淀《よど》み、否定はしないということは、つまりそういうこと。

俺は再びリナに背を向ける。

「ってことで、今日限りで俺はパーティを抜けます。今までお世話になりました。あばよ！」

「あばよってちょっ……！　マルク！　待ちなさいよ、マルク！」

何度も呼び掛けてくるリナ。

そんな叫びが酒場内に響く中、俺は一度も振り返らず、颯爽《さっそう》と酒場を去った。

こうして、俺はリナのパーティから——【黒鉄闇夜《ブラリオン・ダークネス》】から抜けることになった。

そして同時に、心に誓った。

いつかこの女を超えるほどの力を手にしてやると。

第一章　人生の転換

次の日の早朝。

俺は清々《すがすが》しい気分と共に目が覚めた。

昨晩あの後、俺はすぐにギルドに行って、パーティ脱退の手続きをした。

受付の人には驚かれたが、何があったかを話すのも面倒なので適当な理由をつけておいた。

これで正真正銘《しょうしんしょうめい》、俺はパーティを抜けたってわけだ。

「なんか今日は朝からいい気分だな……」

今日からもうあのパーティに顔を出さなくていいと思うと、心も身体も楽になる。

何せあのパーティでは、ありえないくらい朝が早いからな。

もちろん、それもリーダーであるリナの意向だ。

あいつはなぜか異様に朝に強かったから、俺たちパーティメンバーは、朝っぱらから振り回されるのが日常だった。

「メンバー……か」

ふと思い出す、パーティメンバーのこと。

実を言うと昨日から、一つだけ心残りなことがあった。

そう、俺の土下座で渋々《しぶしぶ》残ってくれていたメンバーのことだ。

当の俺がパーティを抜けてしまった結果、彼らを残すことになってしまった。

勢いで決めてしまったから、俺が抜けたのは誰も知らないはず。

「今日中に言っておかないとな。下手したら、トラブルになりかねないし」

今日やるべきことが一つ増えた。

俺が顔を洗い、着替えてダイニングルームに行くと、カレアおばさんは朝食を作っていた。

「おはようございます」

「あ、マルくん。おはよう～」

俺も隣に立ち、朝食作りの手伝いをする。

俺にとってはこれがいつもの日常だ。

二人で一緒に朝食を作って食べてから、カレアおばさんは家事を始め、俺はギルドに行く。

朝のルーティーンはこんな感じ。

でも今日から、そのルーティーンは大きく変わる。

毎日ギルドに行くということがなくなるからだ。

あ、ちなみにパーティは抜けたが、冒険者を辞める気はさらさらない。毎日ギルドに行くのは、それがパーティのルールだったからというだけである。

これからどうしようかということについては、昨日の夜からずっと考えている。

一人で冒険者をするという選択肢もあるが……

そもそも、パーティクエストの方が報酬金は高く設定されている。

それになんだかんだ言って、俺が入っていたパーティは世間様から見れば有名パーティの部類だったからな。受けられるクエストもそれなりに大きいものばかりで、報酬金も普通の依頼とは比べ物にならないくらい。

ほとんどがリナの懐に入っていったが、それでも生活費はそれなりに稼げていた。

したがって普通に冒険者、しかも一人で活動するとなると、稼ぎはだいぶ減ることになる。

それに、今後のことを考えるなら、忘れてはならないこともある。

俺にはもう一つ夢が増えたのだ。

あの女を……リナを超える存在になるって夢が。

本来なら、これまで過ごしてきたこの街――ブルームを離れて、辺境の街にでも行って、細々と稼ぎながら武者修行でもしてきたいくらいだ。

でも、ここにはカレアおばさんがいる。

自分勝手な考えで彼女を一人にするのは、流石に今までの恩に背くような気がしてならない。

「はぁ……」

「あら、マルくん。朝からため息なんて珍しいわね。何かあったの？」

「まぁ……色々とありまして」

「悩めるお年頃ってやつね。私も若い頃はいっぱい悩んだわ」

そういえば、カレアおばさんも昔は冒険者だったらしい。

うちの両親が率いるパーティの参謀《さんぼう》的な役割だったとか何とか。

両親の冒険者としての役職は、二人とも魔術師。

しかも当時では数少ないSランク冒険者という、冒険者カーストでは最上位の立場にあり、それはもう、とてつもないほどの強さを持った夫婦だったらしい。

だがある日、両親は謎《なぞ》の感染症にかかった。

どの医者に診《み》てもらっても原因は不明で、結局は死を待つのみという悲しい現実を突きつけられたという。

それは俺がまだ五歳の頃だった。

両親が他界した後、二人と一番親しい間柄だったカレアおばさんが俺を引き取ることになった。

カレアおばさんもちょうどその時に夫を亡くし、未亡人となっていた。

にもかかわらず、俺を引き取り、女手一つでここまで育ててくれた。

ホント、感謝してもしきれない。

今は生活費を稼いだり、家事を手伝ったりと少しずつ恩返しをしているが、まだまだ足りないと思っている。

だから、気軽に遠い街に行くなんて言えないのだ。

「相当、深刻なこと？　よければおばさん、相談に乗るよ？」

俺があまりに深刻そうな顔をしていたのか、カレアおばさんが心配そうにこっちを見てくる。

「いえ、大丈夫です。すみません」

「何かあったら言ってね？　おばさん、力になるから！」

「はい、ありがとうございます」

産んでくれた両親は亡くなってしまったが、カレアおばさんのことは本当の親と呼べるほど信頼を寄せている。

こう言うのも恥ずかしいけど、俺にとっては最高のお母さんだ。

「さてと、準備もできたことだし、朝食にしますか」

「はい」

いつものように二人でテーブルに料理を運び、着席する。

そして両手を合わせ、いただきますの挨拶《あいさつ》をした……その時だった。

――コンコン。

玄関から聞こえてくるノック音。

誰かが訪問《ほうもん》してきたみたいだ。

「あらあら、こんな時間に誰かしら？」

「俺が出ますよ。おばさんは先に食べていてください」

俺は玄関の方へ向かうと、声を張る。

「はい、どちら様でしょうか？」

「――俺だ、マルク。カイザーだ」

「カイザー？」

俺はその名を聞いて、すぐに扉を開けた。

「フ、フウナ、レイカまで！」

見覚えのある顔がズラリと玄関先に立っていた。

灰色の鎧《よろい》を身に着けた青年と二人の女冒険者。

全員、俺と苦を共にした【黒鉄闇夜《ブラリオン・ダークネス》】のメンバーだ。

「どうしたんだ、こんな早くから……」

「お前に伝えたいことがあってな。今、時間大丈夫か？」

「俺なら大丈夫だけど――」

「あら、マルくんのお友達？　もし良かったら、うちで朝ご飯食べていかない？　ちょうど今から食べるところだったの」

俺の言葉の途中で、カレアおばさんが愛嬌《あいきょう》ある笑みを浮かべながらひょっこりと顔を出してくる。

そんなカレアおばさんと目が合ったカイザーは、既に面識があったため、ペコリと会釈《えしゃく》した。

「ご無沙汰《ぶさた》しています、カレアさん」

「あらあら、カイザーくんじゃない！　ということはそちらのお二人さんも冒険者の方ね？　どうぞ、遠慮《えんりょ》なく入って入って！　今お茶を淹《い》れるから！」

ルンルン気分でキッチンの方へと歩いていくカレアおばさん。

来客があると、無駄にテンションが高くなるのはいつものことだ。

理由は人をもてなすことが好きだから……とのこと。

「あはは、相変わらず元気な人だな」

「おかげでこっちまで元気になるよ」

正直な話、カレアおばさんの元気のおかげで、これまで俺の心が壊れずに済んでいた部分はあると思う。

毎日の理不尽に耐えられた、一つの要因だ。

そう言った意味でも、俺はおばさんに感謝しているのだ。

「というわけなので、三人とも中へどうぞ」

「ど、どうも……」

「それじゃあ、遠慮なく……」

カレアおばさんの勢いに呑《の》まれるがままに、俺は三人をダイニングルームへと案内するのだった。


「すみません、いきなりこんな朝早くにお邪魔してしまって……」

「ごめんなさい……」

「すみません……」

「いいのよ。マルくんのお友達ならいつでも大歓迎だから！」

カイザーたちを家に入れて、いつもより賑《にぎ》やかな朝食が始まった。

急ピッチで三人分の追加の朝食を作ったから、朝なのに少し疲れた。

「マルクも悪いな。朝からこんな人数で押しかけちゃって」

「気にするな。ちょうど俺もお前たちに話しておきたいことがあったから」

この三人は、俺の土下座で何とかパーティに留まってくれていたメンバーたちである。

三人のうち唯一の男子であり、リナの次に俺との付き合いの長い、灰色の髪と高身長が特徴のイケメン、カイザー。

そして、フウナとレイカの女性二人。

この三人と俺の計四人が、パーティ内では古参の被害者だ。

割と初期からいた他のメンバーは、もうパーティにはいない。

カイザーに関してはパーティ設立前から親交があり、半《なか》ば親友のような関係だ。

「んじゃ、私は一旦《いったん》部屋に戻るから、後は若者だけでごゆっくり～」

いつの間にか朝食を食べ終わっていたカレアおばさんは、そう言って席を立った。

おばさんはとにかく食べるのが早く、いつもは俺が食べ終わるのを待って二人で皿洗いをするのだが、今回は俺の友人が来ているからか、空気を読んでくれたみたいだ。

カレアおばさんはふふふと笑みを浮かべて、スタスタと自室に入っていった。

「カレアさん、いつ見ても美人だな。マルクが羨《うらや》ましいぜ」

「まぁ、容姿は年齢と比例していないからな……」

見た目で言えば二十代と間違われてもおかしくないだろう。

だから街に一緒に行ったりすると、姉弟《きょうだい》と間違われることもしばしばだった。

「カイザー、あまり長居したら申し訳ないし、そろそろ本題に入らないと」

「あ、ああ……そうだな」

フウナの言葉に、カイザーが頷《うなず》いた。

この三人がこんな時間に俺の家を訪問するってことは、やっぱり……

「聞いたぞマルク。お前、パーティを抜けたんだって？」

そうきますよね。

どうやらもう彼らは事情を知っているみたいだった。

俺はコクリと頷いた。

「もう知っていたんだな」

「まぁな。改めて確認なんだが、本当に抜けたんだな？」

「ああ、昨日リナの前で抜けるって言ったよ」

正直にそう答えると、三人とも驚きの表情を浮かべた。

「よ、よく許可してくれたね……あのリナが……」

「いや、許可を貰《もら》ったわけじゃないんだ。むしろ止められそうになったけど、強引に……」

フウナの言葉に首を横に振りつつ、俺は続ける。

「でも、どちらにせよそろそろ潮時かなとは思っていたからちょうど良かったよ。ごめんな、俺が残るように言ってたのに勝手な真似をして」

俺が申し訳なく思ってそう言うと、カイザーは肩を竦《すく》めた。

「いや、気にするな。俺たちももう抜けたから」

「えっ、お前たちもパーティを抜けたのか？」

「ああ。今朝、ギルドで脱退手続きをした。リナにも一言だけ挨拶したよ。無視されたけど」

「ホント、怖かったぁぁ……あの覇気《はき》はやっぱり格が違うわ。あれにもう触れなくてもいいかと思うと、気が楽だわ」

「でも、これでサンドバック生活ともおさらばです。おかげで気分スッキリ爽快です！」

カイザー、フウナ、レイカが口々にそう言う。

三人とも我慢の限界だったのだろう。

各々《おのおの》、リナのことを愚痴《ぐち》りつつも、現状を喜んでいた。

そんな三人に、俺は首を傾げながら尋ねる。

「ってことは、わざわざ報告をしに来てくれたのか？」

「そういうこと。まぁそれは二の次なんだが……」

「二の次？　他に何かあるのか？」

カイザーは無言で頷くと、少し間を開けてから口を開いた。

「なぁ、マルク。お前は今後の予定とかはもう決めているのか？」

「それがまだ明確には定まっていなくて、色々と悩んでいたところなんだ。お前たちはもう今後のことを決めたのか？」

「いや、俺はまだだけど、二人はもう他のパーティへの加入が決定してる。スカウト枠でな」

「おお、二人ともさっすが！」

パーティに加入するには、大まかに二つの方法が存在する。

一つは自分から志望して加入する方法。

世間ではごく一般的な方法だが、色々と条件があり、それに達していないと加入することはできないという決まりになっている。

そしてもう一つがスカウト枠。

これは名の通り、所属するパーティメンバーの推薦があった場合に適用される制度で、条件等に縛《しば》りはない。

要はスカウトされた側が合意さえすれば、無条件でパーティに入ることができるという制度だ。

当然、スカウトされるだけの実力が必要で、メンバーを募集しているタイミングかどうかという問題もあるため、スカウトというのはそうそうされるものではない。

俺が驚きに目を丸くすると、フウナは胸を張り、レイカは照れたように笑みを浮かべる。

「えっへん!」

「えへへ……」

フウナとレイカは共に回復術師をしている。

二人とも結構レベルの高い回復魔法を使えることもあって、パーティを抜けた途端、周囲にいたパーティから一斉にスカウトが来たらしい。

まず回復職自体、需要があるし、二人とも優秀だから当然と言えば当然だ。

俺が納得していたら、カイザーがニヤリと笑みを浮かべた。

「ま、二人はそんなところだが、実は俺もとあるパーティからスカウトを受けているんだ」

「お、カイザーもか！　なんだよ、みんな先があっていいなぁ～」

「いや、マルクよ。実は同じパーティにお前も誘われているんだ」

「えっ、それマジ？」

「マジ。というかお前の場合は、リーダー自身が加入を望んでいるっぽくてな。今日の昼に会えないかと言っているんだ」

マジかよ。

こんな俺をスカウトしたいパーティがあるだなんて……

「一体、どこのパーティなんだ？」

「それがな。聞いて驚くなよ……」

カイザーはふっふっふと不敵な笑みを浮かべる。

「お前をスカウトしたいって言ってきたのは、あの【聖光白夜《ルークス・ホーリーホワイト》】のリーダー、エレノアさんなのだ！」

「……えぇぇぇぇぇッ!?　あ、あのエレノアさんが!?」

驚きのあまり思わず叫んでしまう。

【聖光白夜《ルークス・ホーリーホワイト》】。

昨日まで所属していた【黒鉄闇夜《ブラリオン・ダークネス》】と肩を並べるほどの有名パーティで、このブルームから少し離れた商業都市リールを拠点にしている。ちなみに余談だが、男女比率は女性の方が若干多い。

そしてそれらを率いるのは、Sランクを冠《かん》する、大貴族リーヴェル家の長女、エレノア＝フォン・リーヴェル。

職業は上位魔術師《ウィザード》。

俺も一応有名パーティにいたため、他の名の知れたパーティとの交流もあり、【聖光白夜《ルークス・ホーリーホワイト》】には仲のいい冒険者もいる。

リーダーのエレノアさんとも面識はあるが、あまりの美貌と神々《こうごう》しさに圧倒されてしまい、まともな会話をした覚えがない。

一部の人にしか言っていないが、俺の憧《あこが》れの人でもある。

「ほ、ホントなのか……それ。嘘《うそ》じゃないよな？」

「嘘じゃない。本当さ。どうだ、実感湧《わ》かないだろ？」

「湧かないっていうか、夢のようだよ……」

【聖光白夜《ルークス・ホーリーホワイト》】といえば、加入しているメンバーがみんな実力者ばかりということもあって、誰もが入ることを憧れるパーティだからな。

そんなところからスカウトがあるのは、誇ってもいいことだろう。

多分、俺が持つ唯一の自慢話になるかもしれない。

「で、どうだマルク。エレノアさんに会ってみるか？」

「もちろんだ。俺はどこへ行けばいい？」

「今日の昼に、ルージュっていう酒場まで来てほしいとのことだ。俺も呼ばれているから、一緒に行こう」

「分かった。じゃあ、準備しないとな！」

「準備？　なんのだ？」

「身だしなみを整えるんだよ。汚い姿でエレノアさんに会うわけにはいかないだろ？」

まだ寝起きだから寝癖《ねぐせ》もあるし。

服も一番見栄えのいいやつを着ていこう。

「なんだかんだでエレノアさんに憧れを持っているからなぁ、マルクは」

「なんかやる気スイッチ入ったね……」

「か、活気がすごい……」

三人は俺の気合いの入り具合に圧倒された様子だ。ただ一人、カイザーだけは苦笑していたが。

「んじゃ、あとで街の噴水広場に集合でいいな？」

「分かった！」

こうして、さっきまで暇だったはずの俺の予定は、最高の形で埋まることになったのだった。


そして、同日の昼頃。

俺は約束通り、集合場所の噴水広場までやってきた。

噴水広場というだけあって、真ん中にはドデカい噴水があるのだが、その近くのベンチにカイザーが座っていた。

「お待たせ、カイザー」

「お、来たな……って、お前なぁ」

カイザーは俺の服装を見るなり、呆れた顔をする。

「ん、なんだ？　どこか変なところでも？」

「いや、変ではないけど……気合い入りすぎじゃね？」

「そ、そうか？」

これくらい普通だろ？

むしろ普段通りのカイザーに疑問を感じるくらいである。

まぁカイザーに関しては見た目がいいし、なにを着てもカッコよく見えるからいいんだろうけど。

今の俺は、昔父親《おやじ》が使っていたらしい黒を基調とした派手な魔道服に、これまた派手すぎたせいで放置していた新品の白マントを羽織《はお》ってきた。

靴もピカピカに磨き、髪型もバッチリと決めてきた。

エレノアさんとこうやって面と向かって会うのは久しぶりだから、多少気合いが入ってしまうのも無理はない。

ちなみにいつもの俺の服装は、薄地のシャツに申し訳程度の鎧、灰色の地味な長いズボンに薄汚れた黒のローブを羽織ったスタイルでいることが多い。

そのことを考えれば、今の俺は自分で言うのもあれだが、相当頑張ったと思っている。

こんなに派手な服は着ないようにしてたからな。

何故って？

派手だとリナの目に留まりやすいからだ。

そんな俺の服装を見ながら、カイザーは立ち上がる。

「ま、お前らしくていいけどよ。んじゃ、早速行くか」

「お、おう！」

まだ集合場所にすらついていないのに、軽く緊張してきた。

早くなる鼓動《こどう》を抑えつつ、俺たちは酒場へと歩く。

「ここだな」

「おお……」

集合場所の酒場ルージュは、街中から少し外れたところにあった。

なんかこう、穴場みたいな感じだ。

しかも扉を見ると、貸し切りの札がかけられていた。

流石は一流パーティといったところだ。

「いいか、入るぞ」

「お、おっけ……」

更に高まる鼓動を感じつつも、俺たちは扉を開けて中に入る。

するとすかさず、店のボーイが出てきた。

「いらっしゃいませ。マルク様にカイザー様でございますね？」

「はい」

「お待ちしておりました。どうぞ、中へ」

そう言って、流れるように中へと案内される。

レトロな内装とそれにマッチしたジャズ調の音楽。雰囲気は高級なバーといった感じだ。

「こちらです」

そう言ってボーイに案内されたのは少し大きめの部屋。

一応個室の部類に入るようで、入り口にはＶＩＰルームと書かれていた。

「失礼します」

「し、失礼します」

冷静なカイザーとは対照的に、緊張で心臓バクバクの俺。

そんな俺たちを部屋で迎えてくれたのは四人の冒険者だった。

女性三人は顔見知りだが、あと一人の男性は知らない人だ。

そして俺たちが部屋に入ってくるなり、前に出てきたのが……

「お久しぶりですね。カイザーくん、マルクくん」

「お久しぶりです、エレノアさん」

「お、お久しぶりです！」

白銀の髪と澄んだ蒼《あお》い瞳《ひとみ》を持った美女。

この人こそが、有名パーティ【聖光白夜《ルークス・ホーリーホワイト》】のリーダー、エレノア＝フォン・リーヴェルさんだ。

ちなみに、年齢はびっくりなことに俺と同い年。

初めて知った時は度肝を抜かれたもんだ。

「一応、改めて自己紹介を。リーダーのエレノア＝フォン・リーヴェルです。この度は突然のお誘いながらご足労いただき、ありがとうございます」

「こちらこそ、お誘いしていいただいた時はびっくりしました。特にマルクの方は……」

「え、えっと……その……」

カイザーが話を振ってくれるが、情けないことに言葉が出てこない。

だがエレノアさんは、そんな俺を見るとニコッと笑いかけてくる。

単純なもので、その可愛らしい笑顔にドキッとしてしまった。

「既に面識はあるかと思いますが、こちらも改めてメンバーの紹介をさせていただきます。私の右隣にいるのが副団長のステラです」

「副団長のステラ・アルファートです。お願いします」

ステラさんは紫髪《むらさきがみ》の巨乳美人で、いかにもクールな感じの女性だ。

「そしてこちらの二人は参謀のクレアとルイスです」

「参謀のクレアと申します。よろしくお願いしますね」

「同じく参謀のルイス・リックマンです。まだ就任して二週間足らずの駆け出しですが、どうぞよろしくお願いします」

クレアさんは蒼いショートヘアーの女性で、彼女とステラさんとは、俺たちも面識がある。

ルイスさんは、黒縁メガネが印象的で、いかにもマジメそうな好青年って感じの風貌《ふうぼう》だ。

「ルイスくんに関してはまだ加入したてなのでお二人がお会いするのは初めてだと思いますが、仲良くしていただけると嬉《うれ》しいです」

なるほど、参謀には就任したばかりなのか。どうりで見たことがなかったわけだ。

「もちろんですとも！」

「よろしくお願いします、ルイスさん」

「はい。こちらこそ！」

カイザーと俺の言葉に、ルイスさんは笑みを浮かべる。俺たちも軽く会釈をしながら、返答する。

それにしても、加入したばかりでいきなり参謀に抜擢《ばってき》されるなんてすごいな。

多分、相当なやり手なのだろう。

その後、俺たちも軽く自己紹介をすると、エレノアさんは姿勢を正す。

「さて、突然ですが本筋に入りましょう。あ、その前にマルクくんはカイザーくんからお話は聞かれていますか？」

「あ、はい。一応一通りのことは聞いています」

「良かったです。では気を取り直して……わたしたち【聖光白夜《ルークス・ホーリーホワイト》】はお二人を新たなメンバーとして迎え入れたいと考えています。もちろん、スカウト枠でです」

そうだった、俺たちはスカウト枠としてお誘いを受けているんだった。

「ちなみにカイザーくんは参謀のクレア。マルクくんはわたしの推薦で加入していただこうと思っています。今回お呼び立てしたのは、そのご説明をしたいと思いまして。あ、ちなみにお返事はまた後日でも結構ですので。今日は気楽にお話を聞いていただければ……」

「いえ、その必要はありませんよエレノアさん。な、マルク」

「ああ」

「え、それってどういう……」

カイザーと俺の反応に、エレノアさんは首を傾げる。

俺たちの心はもう決まっている……というか、朝の話し合いの時点で決めていた。

そんな俺たちにもはや説明など不要。

俺とカイザーはスッと真剣な眼差しを向けると、パーティに入りたいという意思を伝えた。

「ほ、本当によろしいのですか？」

「ええ、もちろんです！」

「こんな人生に一度あるかないかのお誘い、断る理由なんてありませんよ！」

俺としちゃあ、あの憧れのエレノアさんといつも一緒にいられるというだけでメリットしかない。

それにパーティ内の雰囲気も、交流の経験があるので、よく知っている。

メンバーの話によれば待遇も超いいらしいし。

理不尽暴君のいるブラックな某《ぼう》パーティよりもはるかに、いや……比べるにも値しないほどの差があるってもの。

逆にこんなホワイトパーティからのお誘いを断ったら、天罰が下るだろう。

エレノアさんは俺たちの熱意を聞くと、嬉しそうに満面の笑みを見せてくれた。

「じゃ、じゃあ……早速手続きしないとですね！　皆さんもそれで大丈夫ですか？」

「異論ありません」

「大丈夫です」

「問題ありません」

他のメンバーも異論なし、ということで……

「では、早速お二人のパーティ加入の手続きをさせていただきますね。カイザーくん、マルククん、これからよろしくお願いしますね！」

「こちらこそ、お願いします！」

「よろしくお願いします！」

……この瞬間。

今日から俺とカイザーは過去を捨て、有名パーティ【聖光白夜《ルークス・ホーリーホワイト》】の一員となり、再出発することになった。


その後、俺たちは早速ギルドに出向き、パーティ加入の手続きを進めた。

「――はい。これで手続きは完了です。こちら、新しいパーティバッジになります。紛失には気を付けてくださいね」

「ありがとうございます」

俺は受付嬢からパーティバッジを受け取る。

パーティバッジというのは一言で言えば、パーティに所属しているという証明みたいなもの。

パーティごとにバッジの形状は異なり、有名パーティにもなると、これを見せただけでどこに所属しているかが分かる。

いわゆるパーティの象徴《シンボル》だな。

他にも、ランク制限のあるクエストが解放されたり一部の娯楽施設が割引価格になったりと、特典が盛りだくさん。

そしてパーティランクが上がるにつれて、特典内容のレベルも上がるという仕組みになっている。

「まさか、【聖光白夜《ルークス・ホーリーホワイト》】のパーティバッジをこの手にすることができるだなんて……」

夢みたいだ。

いつかは入りたいパーティだと思っていたからな。

バッジを手に持って感動していると、カイザーが声をかけてきた。

「おう、お前も手続き終わったか？」

「ああ、今終わったところだよ」

「それにしてもこのバッジを手に取る日がこようとはな。なんかこれからが楽しみで仕方ないぜ！」

「だな。俺も今、全く同じことを思っていたところだ」

お互いにキラキラした新品のバッジを見せ合い、笑みを浮かべる。

Sランクパーティのバッジは特殊な希少金属でコーティングされているため、光を当てると蒼く輝く仕様になっている。

なので、一発で見分けることができる。

正直、俺にとっては身の丈以上の代物だけどね……

「お二人とも手続きは終わりましたか？」

そんなことを思っていると、他の件で手続きをしていたエレノアさんたちが帰ってきた。

「はい。今終わったところです」

「右に同じです！」

「ではこれで正式にパーティ加入ですね！　ようこそ【聖光白夜《ルークス・ホーリーホワイト》】へ！　歓迎いたします！」

ニコッと可愛く微笑《ほほえ》むエレノアさん。

いやちょっと待て。

無茶苦茶、かわいいんだが？

今まではまさに高嶺《たかね》の花って感じで、遠くから眺めるだけだったけど、同じパーティに入ったというだけでこんなにも違うものなのか。

一人で感動していると、エレノアさんが思い出したように言う。

「歓迎会の方も準備させていただきますね。ただ、今は色々と立て込んでいて、やるとしても後日になってしまいますが……」

「いえいえ、気にしないでください！」

「そ、そうですよ！　むしろ歓迎会をしてくれること自体、ありがたいんですから！」

【聖光白夜《ルークス・ホーリーホワイト》】はただでさえ、人数が多いパーティだ。

普通のパーティは、ある程度の人数になってくると、キリがなくなってくることもあって、歓迎会を行なわなくなる。

だがこのパーティは、メンバーが入った時には必ず歓迎会を行うのだと、噂《うわさ》で聞いたことがある。

噂なんて大体ガセな情報ばかりだが、本当の話だったんだな。

「では今日はこれで解散となります。一応明日から活動を始めますので、よろしくお願いします」

「あの、エレノアさ……じゃなくリーダー！」

カイザーが何かを質問したいようで勢いよく挙手をする。

「エレノアでいいですよ。何でしょうか？」

「明日から活動ということは、俺たちもリールに？」

リールは少し離れた場所にある巨大商業都市で、【聖光白夜《ルークス・ホーリーホワイト》】が活動拠点にしているところだ。

このブルームも決して小さい街ではないが、リールと比べたら、小都市という扱いになる。

そんなカイザーの質問に、エレノアさんは首を横に振った。

「いえ、流石に明日からすぐにリールに来ていただくわけにはいきませんので、少しの間はわたしたちがこっちに赴《おもむ》く予定です。ですが、ゆくゆくは移動したいと考えていますので、一応頭の中に入れておいていただけると嬉しいです」

「了解ですっ！」

「わ、分かりました」

移動か。

リールはそこまで遠くないから、馬車を使えば通えるには通えるな……カレアおばさんを一人にするのは心配だから、その選択肢も考えておこう。

理由を言えば、エレノアさんなら通いにしてくれるんだろうけど、どこかのタイミングで相談しないと。

「では、そういうことで。今日はお疲れさまでした」

「「「「お疲れさまでした！」」」」

エレノアさんが締めると、皆ぞろぞろとギルドから去っていく。

俺もカイザーと一緒にギルドを出ようとしたのだが――

「あ、あのマルクくん」

「は、はい？」

「この後、お時間いただけますか？　少しお話したいことがあるんですが」

「え、ええ。大丈夫ですよ」

いきなりのエレノアさんからのお誘いで、少し戸惑いつつも俺は頷く。

「なら俺は先に帰ってるわ。また明日な、マルク！」

「お、おう！」

カイザーは瞬時に何かを察知したのか、そそくさとその場から去っていった。

去り際に不敵な笑みを浮かべて。

「場所を変えましょうか。ついてきてください」

「は、はい……」


というわけで。

俺はエレノアさんに導かれるまま、ある公園にやってきた。

公園と言っても、街の中心街から少し離れたところにあるちょっとした広場だ。

周りに人の気配はなく、小鳥の囀《さえず》りだけが響いている。

そんな場所を、俺とエレノアさんは二人並んで歩いていた。

「ごめんなさい。いきなりお誘いしてしまって」

「い、い、いえ！　ぜ、全然大丈夫っすから！」

緊張で呂律《ろれつ》が回っていない上に、失礼な言葉遣いになってしまった。

やっぱりカイザーがいる時といない時じゃ、雰囲気も緊張感も全然違う。

一人になるとこうも違うとは……き、緊張で目すらも合わせられん！

「ん、マルクくん？　どうかしましたか？」

「い、いいえ！　な、ななななんでもないですよ？」

「そ、そうですか……」

この動揺《どうよう》っぷりだ。

何とも情けない。

エレノアさんは、困ったように苦笑している。

「この辺なら人も来ないし、大丈夫かな」

歩くことしばし、エレノアさんはそう言って、広場にポツンとあった休憩スペースのベンチに腰をかける。

座るよう手招きされたので、俺もそのベンチに座った。

「ふぅ……これでようやく二人きりで話せますね」

俺が座るのを確認すると、息をつくエレノアさん。

こうして見たら、やっぱり美人だな。

リナの方も大概だと思っていたが、こっちは別格だ。

可愛い。

強い。

人格者。

エレノアさんは、リナが持っていない要素を持っている。

もっと分かりやすく言えば、リナに欠けているところをほぼ全て持っている人とも言えよう。

聖女《せいじょ》ってのは、こういう人のことを言うんだな……

ぼけーっとそんなことを考えながら、彼女を見ていたのだが――

「あ、あの……マルクくん？　わたしの顔に何かついていますか……？」

「へ？」

エレノアさんは何やら頬《ほお》を紅潮《こうちょう》させていた。

そして恥ずかしそうに目を逸らす。

「い、いえ……あまりにもわたしの顔を凝視しておられたので……」

「えっ⁉　そんなに俺、見てましたか⁉」

「ま、まぁ……」

マジかよ、全然気付かなかった。

その美貌に見惚《みと》れて、無意識でガン見していたようだ。

やべぇ……やっちまった……

ボロだけは絶対に出さないようにしようと思っていたのに……

俺はすぐに謝罪した。

「ご、ごめんなさい！　エレノアさんがあまりにも可愛かったので、つい……！」

「か、可愛いっ……⁉」

「あ……」

なんかまた余計なことを……と思ったら、エレノアさんの顔がさっきよりも更に赤くなっていた。

耳まで真っ赤で、とうとう顔まで手で覆い隠してしまう。

「あ、あの……！　い、今のは……！」

「う、うぅぅ……いくら久しぶりだからってそれは反則です……」

「す、すみません……」

頭の整理が追い付かないほど、よく分からない状況になってしまった。

そんな中、エレノアさんはまだ少し頬を赤くした顔をこっちに向ける。

「ホント、そういう無神経なところは昔と変わりませんね。あの時もそうだったし……」

「あ、あの時……？」

はて、何のことだろう。

確かにエレノアさんとはこれが初対面ではないが、こういう状況になったのは初めてだ。大抵は他の人もその場にいたからな。

話したことがあるって言っても、ほんのちょっとだったし。

「あ、その顔だとやっぱり覚えていないんですね……前々からそうじゃないかなとは思っていましたけど、今ので確信しました」

「それってどういう……」

エレノアさんはポカンとする俺に少し残念そうにしながら、口を開く。

「本当に覚えていないんですか？　わたしたち、冒険者になる前から面識があるんですよ？」

「えっ……!?」

そんなバカな。

俺の記憶には……いや、待てよ？

言われてみると、エレノアさんと似たような子が一人だけ、うっすらとだが記憶に残っていた。

彼女と同じ、白銀の綺麗《きれい》な髪を持った子だ。

そして脳みそを絞《しぼ》っていくにつれて、その記憶は少しずつ鮮明になっていき……

「ま、まさか……エリー、なのか？」

エリーというのは、かつて親交のあったその子の愛称《あいしょう》である。

確かに何度か遊んだことがあるが、もう十年以上も前の話だ。

するとエレノアさんは、これまでにない輝かしい笑顔を見せた。

「やっと……やっと思い出してくれたんだね！」

やや声を張ってそう言う彼女の目には、うっすらと涙が溜《た》まっていた。

「ほ、本当にエリーなのか……？」

「そうだよ！　久しぶりだね、マルくん！」

この日、俺はまた一つ驚愕《きょうがく》の事実を知ることとなった。

俺の憧れだった人が、もう一人の幼馴染だったということを。

俺たちは本当の意味で、十数年ぶりの再会を果たしたのだ。

エリーと俺が初めて会ったのは、とある学園の初等部に在籍していた頃だ。

人当たりが良く、友達が多かったエリーとは、同じクラスで席が隣だったことをきっかけに仲良くなった。

彼女は当時ショートヘアーで、性格もサバサバしていたこともあって、最初は男だと思っていたから、女だと知った時は流石に驚いたっけ。

しかしあっという間に仲良くなり、いろんなことを話し、放課後も一緒に帰ることがよくあった。

だいたい、近くの公園で遊んでから帰ってたんだよな。

一つ思い出すと、他の記憶も次々に蘇《よみがえ》ってくる。

それにしても……

「驚いた……まさかあのエリーがこんなにも美人になっていたなんて」

「思い出すの遅すぎだよ。今までも何度か会ってきたのに……」

少しムッとするエレノアさん改めエリー。

でも、昔と比べたら容姿も雰囲気も相当変わっているから仕方ないだろう。

俺の知っているエリーとは遠くかけ離れていた。

もちろんそれは、いい意味でだ。

当時の男子っぽいイメージが定着していたから、パッと見ても気付かなかったんだと思う。

名前だって、エリーという愛称しか覚えてなかったしな。

そんなことを考えていると、エリーがくすくすと笑う。

「なんかすごい驚いてるみたいだね」

「そりゃ驚いているよ。もしかして人生で一番驚いたかもしれない」

「そんな大袈裟《おおげさ》な……」

エリーはそう言うが、割と大袈裟でもない。

真実を知った今でも情報整理が間に合ってないしな。

昔の記憶から今のエリーに上書きするのは時間がかかる。

それくらい変化があるのだ。

「でも、思い出してくれてすごく嬉しい。本当はマルくんから気付いてほしかったんだけど……」

「ご、ごめん。俺も嬉しいよ。こうしてまたエリーに会えて」

今まで他人を装って接していたのは、俺に気付いてほしかったからか、と今更ながら理解する。

こういう機会がなかったら、多分一生知らないまま生きてくことになっていただろうな……

それにしても、世の中って意外と狭いものである。

「はぁ～、なんかスッキリした！　今までずっと言えなかったから」

「俺も。驚きの連続で少し疲れたよ」

エリーが幼馴染だと分かったおかげで、いつの間にか緊張が解《ほぐ》れていた。

「ちなみに、エリーはいつから気付いていたんだ？」

「わたし？　わたしは初めて会った時から気付いてたよ？」

「えっ、マジで？」

「マジです」

ということは、一年以上も前から認知していたということか。

まぁ俺は昔とさほど変わっていないから、気付かれて当たり前か。

「なんか悪いことをしたな……」

「ううん、大丈夫！　これからに期待するから！」

「そ、そうか……」

これからとは一体……？

すると、エリーは突然スッとベンチから立ち上がり――

「さて、前置きはこのくらいにして……早速やりますか」

そんなことを言い出した。

「やるって、何を？」

「魔法の特訓よ。カミングアウトはそのついで。こっちが本命なの」

「え、特訓……？」

突拍子《とっぴょうし》もなく放たれたその言葉に唖然《あぜん》としていると――

「説明は後でするから。ささっ、こっちに来て！」

「ちょっ……エリー！」

歩いていくエリーを追いかける。

連れてこられた先は街の外、木々の生い茂る森林地帯だった。

「なんで街の外に？」

「街中で魔法なんて使ったら、治安騎士に捕まっちゃうでしょ」

「そ、そうだけど……そもそも何で魔法の特訓をするんだ？」

「その前に一つだけ聞いてもいい？」

「う、うん」

こんなところに連れてこられて、何を聞かれるんだ？

「マルくんってさ、あれから魔法の練習とかってした？」

「あれから？」

「そう。昔わたしが教えたじゃない。実技で赤点取りそうだから〜って頼まれて。もしかして覚えてない？」

「いや、覚えているけど……」

そんな理由だったたっけか？

正直、そこまで覚えていない。

でも昔の俺は超がつくほどの勉強嫌いだったから、多分そんなことを言ったんだろう。

ま、今でも勉強は大嫌いだけど。

「それで？　魔法の練習はしたの、あれから」

「し、してない……な」

俺は早く冒険者になってカレアおばさんに恩返ししたくて、中等部から先には進学していない。

だから勉強もそこでスッパリと止まってしまっている。

「あ、でも冒険者になる前にカレアおばさんに冒険者としての基本を教えてもらったことがあるんだけど……その時に、冒険者として最低限の魔法が使えるようにって言われたな」

「カレアさんって、マルくんを育ててくれた方だよね？　そんなことまで教えてくれたんだ」

「うん。でもそれ以降は全くやってない」

少なくとも俺の記憶にはない。

「ちなみに、教えてもらった魔法は覚えられたの？」

「少しだけな。あ、でもなんかカレアおばさんには、もっと魔法を勉強したら、すごい魔術師になれそうなのに～って言われた気が――」

「そう、それよっ！」

エリーは突然指を指し、声を張り上げながら俺の言葉を遮った。

突然のことに、俺はビクッとしてしまう。

「ど、どうしたよいきなり……」

「マルくんは自分の持っている才能に気付けていないってことよ」

才能？

なんか俺とは縁のない言葉が出てきたぞ？

「どういうこと？　俺に魔法の才能があるって言いたいのか？」

「そういうこと。自分では分からないかもしれないけど、マルくんからスゴイ魔力を感じるの。昔も桁違《けたちが》いだと思っていたけど、ここまでになるなんて……」

「へ、へぇ……」

全く分からないし、スゴイ魔力を感じるというのもピンとこない。

俺は他人の魔力を感じることができないし、もし俺の才能が凄《すご》いのなら、リナ辺りは気付いていてもいるんじゃなかろうか？

でもあいつは俺を無能扱いしていたからな。

よく分からぬ。

そう悩んでいると、エリーは口を開く。

「わたしね、実は魔法科の先生を目指しているの。人に何かを教えるのが好きで」

「そ、そうなんだ」

魔法科の先生か、確かにエリーにぴったりな仕事だ。

「だからマルくんのような才能ある人を見ると、この手で才能を開花させたいって欲求が働いて教えたくなっちゃうのよ！」

「な、なる……ほど？」

あまり共感できないが、ざっくりと解釈すると、魔法を教えて俺の底に眠る才能を覚醒《かくせい》させたいと……

「そういうことなのか？」

「その通り！」

首を三回くらいブンブンと縦に振るエリー。

まず俺に才能があるってところから、既に疑問なんだが……

ここは何も言わずに分かったと言うべきだろう。

別に断る理由もないし。

「どう？　わたしに魔法、教わってみない？」

覗《のぞ》き込《こ》むように見てくるエリー。

顔の近さとほんのり香る甘い匂《にお》いで、他のことに思考を持っていかれかけるが、何とか持ち直す。

「わ、分かった……なら、教えてもらおうかな？」

「やったぁ！　じゃ、早速……」

嬉々《きき》として口を開くエリー。

それにしても、勉強かぁ……

本音を言えば嫌だが、致し方ない。

それに、美人になったエリーと少しでも長く一緒にいたいし、ここは特訓を受け入れよう。


「そうそう、いい感じよマルくん！」

だだっ広い平原で二人きり。

俺はエリーに魔法の指導をしてもらっていた。

今やっているのは、魔法を使う時の基本中の基本である魔力操作。

そんなの俺でもある程度は把握している、と思ったが、エリー曰《いわ》くこの魔力操作がとても重要らしい。

なんか、こうやって教えられていると昔を思い出すな～、なんて思っている間にも、指導は続く。

「じゃあ、その溜めた魔力を一気に放ってみて」

「え、いいのか？」

「ここなら大丈夫よ。街の外だし、被害もそこまでにならないだろうし」

「わ、分かった。じゃ、じゃあ……行くぞ？」

俺は前方に両手を突き出すと、手に溜めた魔力を一気に解き放った。

「……はぁぁッ！」

するとどうだろう。

魔力を放った瞬間に、辺りに突風が巻き起こり、周りの地面に亀裂《きれつ》を生じさせる。

瞬間的だったが地面が揺れ動き、強い衝撃を自分でも感じた。

「な、なんだ……今の……」

ポカンと手の平を見つめる俺と同様、隣にいたエリーも呆然《ぼうぜん》としていた。

「ま、まさか短時間でここまで成長するなんて……」

「え、エリー。今のって……俺がやったんだよな？」

「そうだよ」

「ヤバくね？」

「うん、ヤバイ」

魔力を放った瞬間に感じたあの湧き上がるような力。

今までに感じたことのないものだった。

なんかこう、一気に身体が熱くなって……

「俺の中にこんな力が秘められていたなんてな……自分で言うのもなんだけど、おっかないわ」

「でもこれでわたしの言っていたことが分かったでしょ？　マルくんにはとんでもない才能がある

の。それこそ、わたしなんかじゃ到底敵わないレベルの才能がね」

「んなバカな。流石にエリー相手じゃ、俺に勝ち目はないよ。おだてすぎだって」

「そんなことない。マルくんは、いずれ誰もが認めるものすっごい魔術師になるよ！」

俺の両手を握り、ニパーッと笑うエリー。

この天使のような微笑みを見られただけでも、俺はもう満足である。

「だから今度からもっともっと魔法を教えさせて！　その代わり、わたしにできることなら何でも言ってくれていいから！」

「ま、マジで!?」

何でも……何でもかぁ……

真っ先に思いつくあんなことやこんなこと。

『何でも』なんてパワーワードを言われると、その想像力は無限にも広がってしまう。

まぁこれは男の性《さが》ってやつだからな、しょうがない。

「あ、今なんか、いかがわしいこと考えてたでしょ？」

ギクッ！

そんなに分かりやすかったのか、速攻で見破られる。

「え、いやぁ〜、そんなことないですますよ？」

「分かりやすい反応だね。なんか語尾もおかしくなっているし……」

これは昔から言われていたが、嘘を隠すのは下手な方なんだ、俺は。

こ、ここは話題を変えなければ！

「あ、ところでさ。エリーは何で俺をパーティに誘ってくれたんだ？」

「えっ……？」

「エリーが俺を推薦してくれたって言ってたじゃないか」

パーティに入る前から一つ疑問に思っていたこと。

それは何故俺をパーティに誘ってくれたのかということだ。

実力的にはとてもじゃないけど、入れるようなもんじゃないのに……

「さっきの話からして、俺に魔法を教えたかったから、ってことか？」

そう問いかけると、エリーは首を横に振った。

「それも理由の一つとしてあるよ。でも本当は、マルくんと再会した時から誘いたいなって思っていたの」

「俺に再会した時からって、もう一年以上前からか？」

エリーは小さく頷いた。

「うん。でもマルくんにはリナさんがいたから……仲もすごくよさそうだったし」

仲がいい？　そんなわけあるか。

……と思ったが、確かに周りから見ればそう見えるかもしれない。

あいつはパワハラモンスターだが、バカじゃない。

時と場を選んで行動しているのだ。

人がいるところで怒りはしても、盛大に怒鳴《どな》ったりはしないからな。

他パーティの知人がいる時とかは、むしろ好意的に接してくることもあったし、部外者に対しては印象よく見えるようにしていた。

悪い噂が立たないのも、そっちのいい印象でかき消されているんだろう。

「でも昨日の夜、ステラを通じて、マルくんがパーティを抜けたらしいって聞いたの。その時はすごく気分が高揚《こうよう》したわ。ようやくマルくんを迎え入れることができるかもって」

「そうだったのか……」

「ごめんね、本当にいきなりで。でもまさかＯＫを貰えるなんて思っていなかった。入りたいって言ってくれたのはすごく嬉しい。でもその反面、迷惑をかけちゃったかなって」

「なんでそう思う？」

「なんか、リナさんからマルくんを奪《うば》っちゃったみたいで……」

なんて優しい子なんだろう、この子は。

見た目も性格も天使級とは……どっかの誰かさんとは雲泥《うんでい》の差だ。

俺は込み上げる色々な想いを抑えきれず、勢いよくエリーの両肩に手を乗せた。

「エリー、その心配はないよ」

「えっ……マルくん？」

俺の唐突な行動に戸惑うエリー。

だが俺はお構いなしに話を進めた。

「聞いてくれ、俺はもうエリーと……【聖光白夜《ルークス・ホーリーホワイト》】のみんなと冒険者の道を歩むことを決めたんだ。リナとはもう縁を切った。だから、あまり深く考えないでほしい」

「縁を切ったって……何があったの？」

「色々あってな。話すと長くなる」

「そ、そっか……」

エリーはそれだけ言って、それ以上追及はしてこなかった。

でもいつかは言わないといけない。

そうでないと、多分エリーもスッキリしないだろう。

モヤモヤが残った状態で一緒に冒険に出るのは俺も嫌だからな。

「また、改めて話すよ。でも今は……」

「うん、分かった。でも無理して言わなくてもいいからね？」

「ああ。ありがとうな」

エリーはニッコリと笑い、そう言ってくれた。

ホント、いい子すぎて涙が出てくる。

「ふぅ、なんかたくさん喋ったらお腹空いてきちゃった。ちょっと早いけど、一緒にご飯でもどう？」

「全然、いいけど。どこで食べるんだ？」

「近くの酒場でどう？　特訓、付き合ってくれたお礼に奢るよ」

「い、いいのか……？」

本来ならば俺が言うセリフだぞ、それ……

「もちろん。歓迎会の前哨戦《ぜんしょうせん》だと思ってくれれば！」

「ぜ、前哨戦って……」

でもここはご厚意に甘えよう。

正直、懐事情はあまりよろしくないし……

「じゃ、じゃあ……ゴチになります」

「おっけ～！　じゃ、行こうか！」

というわけで、俺はその後、エリーと共に夕飯を食べに行ってから、解散したのだった。

◆　◆　◆

一方その頃、リナはというと……

「何ですって⁉　マルクが【聖光白夜《ルークス・ホーリーホワイト》】に入った⁉」

「え、ええ……メンバーがパーティの加入手続きをしているところを見たそうで」

パーティメンバーの一人からその情報を聞くと、リナの表情は一変し、鬼を彷彿《ほうふつ》させる形相《ぎょうそう》になった。

「よりにもよってあの女のところに行くなんて……！　屈辱《くつじょく》だわ！」

「これは噂なんですが、どうやらマルクさんはスカウト枠でパーティに入ったようで」

「誰が？　誰があの男を推薦したの⁉」

「そ、そこまでは……」

「ちっ……！」

苛立ちを隠せないリナ。

だがリナはその怒りを治め、さっきとは打って変わって柔らかい口調で、報告してきたメンバーの男に話しかける。

「ねぇ」

「はい」

「監視《かんし》しなさい、メンバー全員で」

「は、はい？」

唐突に放たれた一言に、男がすぐに対応できずにいると、リナは再び声を張り上げた。

「聞こえなかったかしら？　今、監視しろって言ったのだけれど？」

「か、監視って……マルクさんをですか？」

「それしか考えられないでしょうが！」

声を張るリナに、男は完全に萎縮《いしゅく》してしまう。

「す、すみません！　す、すぐにメンバーに伝えます！」

「得た情報は逐一《ちくいち》わたしに報告して。分かった？」

「は、はいっ！」

そうして一礼して振り返った男の背に、リナは待ったをかけた。

「あ、あともう一ついいかしら？」

「な、なんでしょう？」

リナは男を引き留めると、一枚のメモ用紙を差し出した。

「あんたたちにこれを取ってきてもらいたいの」

「こ、これは……！　でも流石に……」

「やりなさい。これは命令よ」

リナの圧に男はズルズルと後ろに交代する。

そしてグッと拳《こぶし》を握りしめた。

「わ、わかりました。ただちに」

男はビシッと直立して無駄のないお辞儀をすると、すぐさまその場から去っていった。

「あの女狐《めぎつね》……！　私のマルクをよくも……！」

リナは男が去ったのを確認して、両拳で思いっきり机を叩いた。

拳から流れ出た液体が、デスクを赤く染めていく。

「許さない。力ずくでも絶対に引き戻してやるんだから！　でないと誰がわたしのストレスを発散させるのよ！」

歯ぎしりを立てながら、語調を荒くして、リナはそう言い放ったのだった。

第二章　紅蓮《ぐれん》の影

【聖光白夜《ルークス・ホーリーホワイト》】に入ってから数日が経ったある日の朝。

俺はカレアおばさんと一対一でテーブルに座っていた。

あらかじめ話があると伝えて、時間を取ってもらったのだ。

「朝からすみません、カレアおばさん」

「いいのよ～。それで、話って？」

「実は……」

リナが率いるパーティを抜け、エリー率いる新しいパーティに加入した。

当然、冒険者としての活動は大きく変わったし、生活リズムにも変化が出てきた。

これからももっと色々な変化が起きることだろう。

自らの意志で新たな決断をした以上、俺はその変化に対応していかなければならない。

だからこそ、カレアおばさんには伝えないといけないことがある。

今までは考えもしなかったことだけど……

「俺、そろそろ独り立ちしようかなって思っています」

カレアおばさんとの相談。

それは、家を出て一人で暮らしていこうというもの。

理由は大まかに二つある。

まず一つ目は、パーティの拠点がここから少し離れたリールにあるということ。

最初は、馬車で通えなくもないかなとは思ったが、よくよく考えてみると、少々リスクのある選択だと気付いた。

緊急の集まりとかがあった場合に対応できないのだ。

それに、ほとんどのメンバーが向こうにいる中、俺だけ実家通いはどうなのかなというのもある。

そして二つ目の理由は、単純に色々な世界を見てみたいと思うようになったから。

これは理由というよりは俺の願望だけど……

というのも、前にエリーと飯を食った時に聞いた話に好奇心が湧いてしまったのだ。

エリーが今まで冒険者として感じてきた経験、そこで出会ったもの。

それは俺にとっては何もかもが新鮮で、いつの間にか食い入るように聞いていた……らしい。後からすごい食いつきだったねとエリーに言われてしまったほどだ。

確かにこうして故郷でゆったりと暮らすのも悪くはない。

でもやっぱり冒険者なら、いろんな世界を見てみたい。

色々なところに冒険して、いろんなものを見て、学んで、体験して……

しかしそうなると、やはり自立して生きていかないといけないなと思ったのだ。

数日前に【聖光白夜《ルークス・ホーリーホワイト》】に加入してから、毎日毎日、悩んで悩みまくって絞り出した結論がこれだった。

今までは、死ぬまでここで暮らして、カレアおばさんに恩返ししていくんだって決めていた。

この決断はその意思に反してしまうことだ。

でも、それでも俺は……

「……ほ、本当に独り立ちしようと思っているの？」

カレアおばさんは少々驚いたような口調でそう言う。

「はい……」

俺はその二つの理由を、カレアおばさんに簡潔に話す。

するとおばさんは、ニッコリと笑みを浮かべた。

「そう……とうとうマルくんも外の世界に飛び出すのね」

「カ、カレアおばさん……？」

「私は大いに賛成よ、マルくん！　いや、むしろ行ってきなさいと言いたいくらい！」

まさかの返答だった。

真っ向から否定されることはないだろうとは思っていたけど、引き留められたりはするんだろうかと思っていたのだ。それが推奨《すいしょう》されるなんて。

俺はその返答に戸惑いを隠せなかった。

「お、俺が言うのもなんですけど……本当にいいんですか？」

「ええ、もちろん！　逆に心配していたんだから。いつになったらマルくんは外の世界に飛び出すんだろうって」

「し、心配……？」

そう聞くと、カレアおばさんはコクリと頷いた。

「うん。私ね、マルくんのご両親に頼まれていたの。大きくなったら、あの子に大きな冒険をさせてあげてほしいって、色々な世界を見せてあげてほしいって。でも普段から私のために頑張ってくれているマルくんを見ていたら、中々言い出すことができなくて」

「そう、だったんですか……」

俺の知らなかった真実。

でも心の底から嬉しさがこみあげてくる。

自分が望んでいたことが、今は亡き両親の願いだったなんて。

「私のことなら大丈夫よ、マルくん。だから安心して、行ってきなさい。そしていろんなことを見て、学んで、体験して……更に逞《たくま》しくなった姿を、私に見せてね」

「は、はい……っ！　ありがとうございます、カレアおばさん！」

こうして。

俺はカレアおばさん公認のもと、独り立ちすることになったのだった。

「じゃあ、向こうに住む許可は得られたんだね」

「うん。これで俺もそっちに行けるよ」

同日の昼過ぎ。

俺はエリーたちとギルドの集会エリアにいた。

独り立ちの件も話し、今は今後のことについて予定を練っているところだった。

「カイザーも一人暮らしするんだよな？」

「ああ、もちろん！」

隣に座っているカイザーにも話を振る。

カイザーも俺と同様に実家を出て、独り立ちするらしい。

「でもいいのか？　前に『俺は一生実家でのんびりと生きていくんだ！』って言っていたのに」

俺がそう問いかけると、カイザーはニヤリと笑う。

「俺もそのつもりだったよ。でも今は環境が大きく変わった。だから俺も変わらないといけないなって思ってさ」

「同感。俺も同じようなことを考えていたよ」

「それに、そのことを両親に話したら泣くほど喜んでくれたよ……」

「そ、そうなのか……」

いいご両親じゃないか。

息子の独り立ちに涙を流して、応援してくれるなんて――

「一人減る分、食費を抑えられるってな！」

「いや、そういう理由かい！」

「でもほら、俺の家って結構な大所帯だろ？　一人減るだけでも結構抑えられるんだとさ、諸々の経費が」

「そ、そうだろうけど……」

たしか、弟とか妹とかけっこういるんだっけ。

ご両親の気持ちも分からなくはないが……なんだか気の毒になってくる。

素直に応援してやってくれ、カイザーのご両親よ。

「ま、独り立ちするって決断をした以上、もう家には帰れねぇ。死ぬ寸前までとことん自分の意志を貫くつもりさ」

「あまり無理するなよ？」

「大丈夫！　死にそうになった時は真っ先にお前のところに駆け込むから！」

「オイ」

最終的には他人頼みかこいつは……

でも実際、俺もどうなるか分からない。

家で手伝いとかはしていたとはいえ、まだまだ分からないことは多いし。

「てなわけで。今後ともよろしくな、マルク！」

「こちらこそ」

なんか、初めてカイザーと出会った時を思い出す。

もちろん、あの時はこんなにフランクな感じではなかったけど。

「いいね～、親友同士の絆《きずな》。わたしとステラみたいな感じかな？」

やり取りを見ていたエリーがニヤニヤしながら、俺たちの方を見てくる。

「エレノアさんとステラさんは、お付き合い長いんですか？」

「うん。もうかれこれ十年以上になるかな。腐れ縁ってやつだね」

「そりゃすごいですね。なぁ、マルク？」

「お、おう……」

俺もエリーとは幼馴染……なんて言えない。

話すと面倒になりそうなので、今はまだ言わないことにしようと決めた。

別に隠すつもりはないんだけど、カイザーは綺麗な女性に目がないから、俺とエリーの関係を知ったら色々聞いてくるに違いない。

前のパーティに入ってきたのも、元々はリナ目当てだったし。

ちなみにカイザーは、自分をパーティに推薦してくれた参謀のクレアさんとは元から顔馴染みだったそうだ。それで自分を推薦してほしいと頼んだとのこと。

その際にエリーの口から俺の話題が出て、二人一緒ならという条件でカイザーもパーティ入りを果たすことができた、ということらしい。

まさか裏でそんなことが行われていたとは……

そんな会話をしつつ、俺たちは話し合いを進めていった。

その結果、三日後の朝に俺たちはこのブルームを発《た》つことになった。

「では、リール行きの馬車を手配しておきますね」

「お願いします、ステラさん」

「お願いします！」

俺とカイザーはステラさんに頭を下げる。

出発までは準備期間となる。

ここでやり残したことをしっかりとやっておかないと。

多分、当分は帰ってこられないだろうからな。

「他にも決めることがあるけど、残りはリールにあるギルドハウスで決めよう。他のメンバーにも二人を紹介しないとだしね」

ギルドハウスか……初めてだな。

ギルドハウス。

それは名のあるパーティにのみ持つことを許される集会の場だ。

数々の依頼をこなして有名パーティになると、ギルドから謝礼として家を貰える。

パーティの人数によってはかなり大きめの一軒家になるそうだ。

一応【黒鉄闇夜《ブラリオン・ダークネス》】でもギルドハウスは持っていたが、俺たちが使うことはなかった。

何故なら、あの暴君が一人で使うと言い張ったからである。

幸い、ほとんどのメンバーは実家が近くにあったから必要なかったものの、みんなで使うはずだった豪勢な一軒家を独り占めされるのはあまり気分のいいものではなかった。

まぁ、そんなことを言うとまた面倒なことになるので放っておいてたんだけど。

「と、話はこんな感じになったけど、お二人から何か質問とかは——」

「待ちなさい！」

エリーが俺たちに質問の有無《うむ》を確かめようとした時、聞き覚えのある声が飛んでくる。

その声の方から、黒のローブを纏《まと》った人物がスタスタとこっちに歩いてきた。

「質問ならあるわ」

ローブの人物は、俺たちが座るテーブルの前でピタリと止まってそんなことを言い放つ。

そしてその人物は、フードに手をかけるとそっと捲《まく》った。

露わになったのは、もう幾度となく目にした見慣れた顔。

生まれつきのツリ目で睨《にら》みを利かすその人物に、俺は思わず声が出てしまった。

「リ、リナ……！」

俺たちに苦を与え続けた紅蓮の独裁者。

長い赤毛を揺らしながら、リナは俺と目線が合うなり、刺すような目で見てきた。

「久しぶりね、マルク。元気にしていたかしら？」

その表情とは裏腹に柔らかな口調で、どうにも違和感がある。

それにしても、こいつに会うのは久しぶりに感じる。

ここ数日ずっと、ギルドでも目にしていなかったからな。

あまりに噂も聞かないので、冒険者を止めたのかと思っていたが、流石にそれはなかったようだ。

俺はリナの目を見つめ返して口を開く。

「何しに来た？」

「そんな怖い顔で見ないで。ちょっと質問がてら挨拶に来ただけよ」

「挨拶……だと？」

「ええ。うちの元メンバーが二人もお世話になるんだもの。しっかりとご挨拶しないと、失礼でしょ？」

リナの口から放たれたのは至って普通の答えだった。

でもこいつは、そんなことのためにわざわざ顔を出すような真似はしない。

目的は別にあることぐらい、察しはついている。

「貴女もお久しぶりね。エレノアさん」

「お久しぶりです、リナさん」

エリーはリナが登場するなり、すぐに立ち上がるとペコリとお辞儀をした。

「ごめんなさいね。横から歓談のお邪魔をしてしまって」

「お気になさらず。それで、何か御用で？」

「少し貴女とお話ししたいことがあるのだけれど、お時間いただけるかしら？」

「わ、わたしにですか？」

「ええ」

いつものような横暴な口調ではなく、そこにはお淑《しと》やかに人と接するリナの姿があった。

パーティ外の人間と話す時はいつもこんな感じではあるが、一体、なにを企んでいるんだ……？

何か嫌な予感がしてならない。

リナ曰く、エリーだけに話があるみたいだが。

「歓談中に悪いのだけれど、いいかしら？」

「分かりました。皆さん、わたしは一度席を外しますので少し待っていてもらえますか？」

エリーの言葉に、他のメンバーは皆一様にコクリと頷く。

「では、行きましょうかエレノアさん」

「はい」

エリーは小さく頷くと、リナについていった。

「お、おいマルク。エレノアさん、大丈夫か？」

二人が去った後、俺の耳元でカイザーが囁《ささや》いた。

カイザーもリナを見て、不穏な空気を察知したのだろう。

顔を強張《こわば》らせながら、二人が去っていった方向を見つめている。

「分からない。でもなんか嫌な予感がする」

「同感だ。あの人、絶対何か企んでるよ」

何か良からぬ目的があることは間違いない。

もしかしたら、大きな事件に発展してしまうことだってあり得る。

やはり、ここは……

「……俺、様子を見てくるよ」

「俺も行く。エレノアさんの身に何かあってからじゃ遅いからな」

「分かった。それじゃあ行こう！」

「ああ！」

俺たちは他のメンバーに一言告げて、一度離席する。

そしてそのまま出口までダッシュして二人の後を追いかけるのだった。


「くそう！　二人はどこにいったんだ？」

ギルドの外に出てから数分。

早速俺たちは二人を見逃してしまった。

すぐに追いかけはじめたはずなのに、この有様《ありさま》。

二人は相当早く歩いていったのだろう。

「どうするよ、マルク？」

「手分けして二人を捜そう。まだそんなに遠くへは行ってないはずだから」

「それが一番効率的か……分かった！」

「一応見つけ出せなかった時のことを考えて、三十分後にここに集合でいいか？」

「ＯＫ！」

素早く段取りを決めると、俺たちは左右に散らばる。

「どこだ……どこにいった……？」

走りながら、二人を捜す。

俺の推測だと、話があるって言っていたから、二人きりで話せるような場所に行ったはずだ。

それもリナの性格から考えて人気《ひとけ》のない場所。

あの女のことだ。もし話以外に目的があるのだとしたら、確実に人目を避けるだろう。

あまり考えたくはないが……

「二人きりになれて、人気《ひとけ》のない場所……なら、あそこしかないな」

俺は心当たりのある場所まで全力疾走《ぜんりょくしっそう》する。

その場所というのは、前にエリーと一緒にきた例の広場。

相変わらず今日も人が全くおらず、リナがエリーを連れていくには最適の場所だ。

「俺の予想が正しければ……」

この近くにいるはずだ。

俺は必死に辺りを探しまくった。

今日はそこそこ気温が高かったからか、少し走っただけで額から汗が出てくる。

俺は時折、ハンカチで汗を拭《ぬぐ》いながら二人を探した。

すると――

ドカーーーーーーーーーーーーーーーーーーーン!!

突然、辺りに響き渡る轟音《ごうおん》。

しかもかなり近い場所から聞こえてきた。

「ま、まさか……！」

俺はその音がした方へと走る。

そして、その先にいたのは……

「……ッ！　リナ……エリー！」

すごい剣幕で睨み合う二人の姿だった。

◆　◆　◆

わたしはエレノア＝フォン・リーヴェル。

冒険者をしており、【聖光白夜《ルークス・ホーリーホワイト》】というパーティののリーダーでもある。

最近、二人の冒険者を仲間に加えたんだけど、一人はわたしの幼馴染のマルくんことマルクくん。

一年以上前に初等部以来の再会を果たし、同じように冒険者への道を歩んでいたことを知った……のだが、向こうはわたしに気付いていなかったらしく、ようやく最近になってわたしのことを思い出してくれた。

本当は向こうから気付いてほしかったから、嬉しさ半分、複雑さ半分だけど……これからもっと楽しくなりそうだなと、マルくんがパーティに加入した時に思った。

――でも、わたしはまだ、マルくんのことについて何も知らなかった。

この人と、一戦交えることになるまでは。

「あの、リナさん。どこまで行く気ですか？」

「いいから、黙ってついてきなさい」

私の前を歩く彼女の名前はリナ・アルマーク。

彼女とは、中等部に進学した時からの顔見知りで、最終的には同じ冒険者の道を選んだ、いわゆる幼馴染だ。

昔から成績優秀、運動万能、容姿端麗の三拍子揃った天才肌の子で注目を浴びていた。

中等部卒業後も、いろんな有名パーティや、国家魔術師という宮廷に勤めるような職種からもお誘いが来たらしいが、それを蹴《け》って、私と同じく学園の高等部に進んだ。

高等部を卒業してからはバラバラになってしまったが、彼女が【黒鉄闇夜《ブラリオン・ダークネス》】というパーティを設立し、冒険者活動を始めてから、また交友関係を持つことになり、今に至るというわけだ。

「この辺でいいかな。人もこなさそうだし」

連れてこられたのは、街の隅の方にある広場だった。

前にマルくんと一緒に来たところだ。

相変わらず辺りに人がいる気配はなく、昼間だというのに怖いくらい閑散《かんさん》としていた。

「こっちに来て、エレノアさん」

「あ、はい……」

先を歩いていたリナさんから、広場の奥にある大樹の前まで来るよう手招きされる。

こんなに近くまで来たことはなかったんだけど、こうして見るとかなり大きな樹木だ。

その迫力は想像以上。この街で一番高い建物であるギルドタワーなんて比にならないほど大きい。

ここまで成長するのに相当長い年月をかけてきたのだろう。もしかしたら精霊《せいれい》さんが住んでいるのかもしれない。

そんなことを想像しながら、わたしは大樹の前に歩み寄る。

……と、その瞬間。

「……っ⁉」

突然、リナさんに両手首をガシッと掴まれ、樹木の幹に押し付けられる。

「リ、リナさん……⁉　いきなり何を……！」

抵抗するわたしをグッと押さえるリナさん。

魔力で無理矢理私の行動を抑制しているのか、いつものように自由が利かない。

「ふふふ、悪く思わないでちょうだい」

リナさんは不敵な笑みを浮かべると、わたしの目をじっと見てくる。

その眼は、わたしの知っているリナさんとは別人のように感じられた。

「こ、こんな強引なことをするなんて、あなたらしくありませんよ！」

「そう……でも残念。これが私の本当の姿よ。あなたには見せていなかったけどね」

「本当の……姿？」

彼女の表情はもういつものリナさんじゃない。

悪く言えば悪人とも言えるような冷徹《れいてつ》さが、今の彼女にはあった。

そしてその表情を見たのと同時に、彼女に対しての不信感が徐々に募《つの》ってくる。

「貴女の目的は何なのです？　わたしをどうしようというのですか⁉」

必死にそう言うわたしに、彼女はニヤリと笑った。

「ふふっ……別にどうもしないわ。ただ、あなたにお願いしたいことがあるの」

「お願い……？」

何か嫌な予感がわたしの脳裏を横切る。

その予感に身を震わせながら、わたしが問うと——

「彼を……マルクを返してほしいの」

今まで聞いたことのないような低く重みのあるトーンで、彼女《リナ》はわたしにそう言った。

「返してほしいって……どういうことですか？」

「言葉の通りよ。彼にうちのパーティに戻るように説得してほしいの」

「マルくんを……説得してほしい？」

ストレートに言い放つリナさんに、ボソッと言葉を返すと、リナさんは急に顔を顰《しか》めた。

「ふ〜ん……貴女、彼のことをマルくんって呼んでいるのね。まだそこまで日は経っていないというのにすごい進展ね」

厭《いや》みったらしくそう言ってくる。

まるでマルくんが自分のものであるかのような、そんな言い様で。

「わ、わたしとマルくんは幼馴染なんです！　リナさんは知らなかったかもしれませんけど」

「幼馴染？　貴女も？」

「そうです。って、貴女もって……」

「ええ、そうよ。私も彼とは幼馴染なの。家が近くて小さい頃から一緒に遊んでいたわ。貴方は？」

「わたしは初等部の頃からの付き合いです。席が隣で」

「なるほど、どうりで……」

リナさんは納得したような表情を浮かべる。

家が近かったってことは、かなり昔からの付き合いらしいけど、まさかリナさんもそうだったなんて……

「ま、そんなことなんてどうでもいいわ。私にとっては、彼をパーティに引き戻すことが、最優先事項なのだから」

「引き戻すって……貴女がマルくんをパーティから追い出したんじゃないんですか？」

「違うわ。彼は勝手にパーティを抜けたの。私の許可も取らずにね」

勝手にパーティを抜けた？

あのマルくんがそんなことをするとは、考えられない。

何か理由があるはず……

「リナさん、一つお聞きしてもいいですか？」

「なにかしら？」

「違っていたら申し訳ないのですが、過去にパーティメンバーに対して暴行を加えたことってありますか？」

「暴行？　私が？」

「はい。あくまで噂ですが、耳にしたことがあって、ずっと気になっていたんです。あの優等生で誰でも分《わ》け隔《へだ》てなく接していたリナさんがそんなことするはずないと、そう思っていましたので」

前に、ほんの少しだけ聞いた嫌な噂だ。

学生時代からは想像もつかないことだったし、その噂もすぐに聞かなくなってので、デマだろうと思っていたけど……

もしマルくんが……と考えたらあり得ない話じゃない。

噂が本当だったと考えれば、彼がパーティを抜けるという選択をしたことにも納得がいくからだ。

「暴行なんて私がするはずがないでしょ？」

「そ、そうですよね。やっぱり――」

その言葉にホッとしたのも束の間、リナさんの口からとんでもない言葉が飛び出した。

「私がしていたのは教育よ」

「きょ、教育……？」

「そう。ダメな連中を躾《しつ》けていただけ。でも世の中って残酷ね。躾けたら次々にパーティを抜けていったのよ。与えてあげた恩を仇《あだ》で返されたわ」

「……」

「その点、マルクはずっと残って私を慕ってくれたの。ストレスを溜めた私に、癒《いや》しと発散の機会をくれた。だから、私にとっては彼が必要なの。分かった？」

ニヤつきながら、そう語るリナさん。

それを聞いて、わたしは何となく分かってしまった。

マルくんが今まで、前のパーティでどういう過ごし方をしてきたか。

よくよく思い出してみると、わたしのパーティに入る前の彼はどこか変だった。

なんかこう……いつも疲れているような感じで、無理をしているようにも見えた。

でも、冒険者というのは過酷な重労働だ。人によっては体調を崩したりすることも多いし、毎日のように顔色が悪い人だっていたりする。

だからマルくんも疲れているのかなとあの時は思っていたけど……この話を聞いて違うと分かった。

マルくんは、この人から暴行に近い何かを受けていたんだ。

もちろん、確証はない。

でも、これだけは分かる。

この人にだけは、彼を差し出してはいけないと。

「……ええ、よく分かりましたよ」

「なら、今すぐ彼を私に――」

「お断りします」

「…………は？」

迷うことなくわたしが断ると、彼女《リナ》の表情は鬼のような形相に変わった。

「貴女、今なんて……？」

「お断りすると言ったのです。貴女にマルくんを引き渡すわけにはいきません」

睨む彼女の目をしっかりと見つめながら、わたしはそう言い切った。

するとリナさんの表情はさっきよりも一段と険しくなり、目つきも鋭くなる。

わたしも負けじとまっすぐに見返していると、どういうわけか、彼女はすんなりと拘束を解いてくれた。

強めの力で両手首を握られていたからか、少し痺《しび》れが残っている。

「お話はそれだけですか？　でしたら、わたしはこれにて失礼させていただきます」

乱れた服を整え、わたしは一礼してその場を去ろうとする——が。

「……待ちなさい、エレノア」

わたしはその場でピタリと立ち止まり、彼女の方へと向き直る。

「何でしょうか。まだ何か？」

振り向きもせずにその場に佇《たたず》むリナさんに問うと、彼女は静かながらも、暗く低い声を発した。

「どうしても、渡さないのね？」

最後の忠告だろうか。

でも当然、わたしの答えは変わらない。

「はい、貴女に渡す気はありません。今後どうなろうとも、そこだけは変わることはないです」

「そう……なら仕方ないわね。あまりこういう手は使いたくないのだけれど――」

「……⁉」

リナさんはバッと振り返ったかと思うと、こちらに手を突き出し、目を瞑《つむ》る。

すると途端に、膨大な魔力が集まってくるのを感じた。

大気中に漂う魔力をリナさんがかき集めているのだ。

「こ、これは……！」

「貴女がそう判断を下すなら、私にも考えがある」

「まさか、リナさん。こんなところで……？」

「ええ、そうよ。交渉が無駄なら力で解決する。公平にこの場を裁くには一番の方法じゃない」

「くっ……！」

実力行使で決める。

彼女が次に打ってきた手はそういうことだった。

「私にとって、彼は特別なの。だから、貴女にはあげない。そんなに彼が欲しければ、私を倒して奪うことね」

「あ、貴女って人は……！」

とはいえ、彼女の言うことにも一理ある。

話し合いで解決できないなら、時には力が正義になることもあるのだ。

本当は戦いたくはない。

今ではこうして変わってしまったリナさんだけど、昔は良き学友であり、ライバルでもあったのだ。

それがどうしてこうも歪《ゆが》んでしまったのか、わたしには分からない。

でもだからといって、ここで引き下がるわけにはいかない。

ようやく彼と、マルくんと一緒に冒険できる日が来たんだ。

わたしにだって、わたしなりの意地というものがある！

「もちろんこの勝負、貴女なら受けてくれるわよね？　エレノア」

「……分かりました。受けて立ちましょう。マルくんをパーティに残留させるため、そして彼を守るため、全力をもってお相手させていただきます」

「ふふっ、貴女にしては勇ましい返答ね。なら、早速始めましょう」

リナさんは口元を少し歪めると、懐から白手袋を取り出し、地面に投げつける。

決闘申し出の意思表示だ。

わたしはリナさんと一定の距離を置くと、魔力を体内に溜める。

こうして彼女と戦うのは、何年ぶりだろう。

最後に戦ったのは高等部の模擬魔法訓練以来だから、二年以上が経つか。

あの時は惨敗《ざんぱい》したけれど、今回は絶対に負けられない。

たとえ相手がリナさんであろうとも、わたしは絶対に勝つ。

「覚悟は……いいですね？」

「ええ、もちろん。それじゃ、始めましょうか……」

わたしたちだけの宴《うたげ》を。

互いの未来を懸けた舞踏会を。

◆　◆　◆

轟音に導《みちび》かれて公園までやってきた俺の視界に入ったのは、対立する二つの影。

睨み合い、魔法を放つ二人の幼馴染だった。

「あいつら、一体何を……」

でも一目見ればかなりヤバイ状況だということは分かる。

どんな経緯でこうなったのかは知らないけど……

「とにかく止めないと……！」

俺は二人の元へと駆け寄ろうとする――が。

「ぐっ……なんて魔力の圧だ……！」

二人から発せられる膨大な魔力が、俺の身体にとてつもない圧をかけてくる。

「こ、これじゃまともに近づけない……！」

無理に近づこうとすれば、魔法に巻き込まれて無事では済まないだろう。

俺の魔法耐性じゃ、この圧を潜《くぐ》り抜《ぬ》けることはまず不可能だ。

「――――！」

そして再び、一帯に轟《とどろ》く爆発音。

その正体は二人の魔法と魔法のぶつかり合いによるものだった。

二人とも常人を超えた高度な魔法を繰り出し合い、戦っている。

「何で……何であの二人が……」

これはもう模擬戦なんてレベルのものじゃない。

本気と本気のぶつかり合いだった。

「おーい、マルクーーー！」

「カイザー！」

ちょうどその時、カイザーもやってきた。

先ほどからの轟音で、ここを見付けたのだろう。

カイザーは勢いよく走ってくるなり、荒れた息を整える。

「はぁ……はぁ……おい、マルク。これは、この音は一体……」

カイザーは俺に答えを求めてきた。

全力で走ってきたのか、額からは大量の汗がにじみ出ている。

「音の正体は、あれだよ」

「ん？」

俺が戦う二人の方を指さすと、カイザーの表情が険しくなる。

「あ、あれって……エレノアさんとリナじゃないか。なんで二人が……？」

「分からない。俺がここに来た時にはもう、二人が戦っていたんだ」

「戦っていた……ってそれってマズくね？　早く止めないと――」

「ダメだ、カイザー！」

止めようと動くカイザーに、俺は待ったをかける。

「なんで止めるんだマルク！　このままじゃ……！」

「あの渦の中に飛び込んでいく気か？　この先に行けばどうなるかくらい分からないお前でもないだろう？」

「そ、それは……」

カイザーは一歩引き下がると、顔を顰《しか》める。

今の二人を止めることができるのは、二人に対抗しうる力を持つ者だけ。

あの壮絶さを見れば、バカでも分かることだ。

天才二人が巻き起こす魔力の圧は常人には猛毒もいいところ。

無理矢理割り込めば、こっちの方が被害を受ける。

「じゃ、じゃあどうするんだ？　このままじゃ、リナはともかくエレノアさんもただじゃ済まないぞ！」

「分かっている。だから今考えているんだよ。二人を止める方法を」

とはいっても、どうするべきか。

距離と状況的に、声で振り向かせるのは無謀《むぼう》だろう。

「何か方法は……あっ！」

その時、俺はある方法を思いついた。

「何か思いついたのか？」

「ああ。ただちょっとした賭《か》けにはなるけどな……」

その方法は、前にエリーに教えてもらった魔力操作だ。

パーティに加入したあの日、俺が出した爆発的な力。

エリーもかなり驚いていたあの湧き上がるような力をもう一度出せれば、二人の注意を引けるかもしれないと、そう思ったのだ。

「もう一度、あそこまでの力を出せるかは分からないけど……」

やってみるしかない。

今はできるかできないかで悩んでいる場合じゃないからな。

「カイザー。悪いけど、周りに治安騎士が来ていないか見張っていてくれないか？　今この状況を見られたら面倒なことになる」

「任せておけ！　でもお前は大丈夫なのか？」

「うまくやってみせる。俺を信じてくれ」

俺がそう言うと、カイザーは迷いなく頷いた。

「分かった。無理すんなよ」

走り去るカイザーの背中を見届けて、俺は目を瞑った。

大丈夫。あれから練習したんだ……

俺は両手を前に突き出すと、体内に流れる魔力を集中させる。

この数日、多少なりとも練習したおかげか、以前よりも魔力を一点に集中させる動作が早くなっていた。

エリーも時間さえあれば、ちょくちょく教えてくれていたしな。

おかげで順調に魔力の扱いに慣れてきている。

「ふぅ……よし！」

両手に魔力が溜まり、俺はゆっくりと瞼《まぶた》を閉じる。

そして精神を集中させると——一気にその魔力を辺り一面に解き放った。

「————!!」

激しい突風。

揺らぐ地面。

凄《すさ》まじい轟音。

これら全ての要因が重なり、とんでもない力が俺を中心に巻き起こった。

そして次の瞬間、さっきまでの戦闘音がピタリと止まった。

気が付けば、二人は俺の方に視線を向けていた。

「……」

「マ、マルくん⁉」

リナの方は変わらず黙ったままだが、エリーは俺を見るなり、目の色を変える。

そして真っ先に俺の元へと駆け寄ってきた。

「マルくん、いつからそこに……」

「十五分くらい前から……かな。エリーが心配で後をつけてきたんだよ」

「そう……だったんだ」

申し訳なさそうに肩を落とすエリーに、俺はある質問をぶつけた。

「それより、こんなところでなにしてたんだ。しかもここはまだ街の中だぞ。魔法を使ったら——」

「分かってる！　分かっていたの……でも……」

「……エリー？」

何か深いワケがある、そう言いたげな表情だった。

それにエリーが自分からそんなことをするような人間じゃないと思っている。

可能性はゼロではないが、限りなく低いだろう。

と、いうことはやはり……

「やっぱり、ついてきていたのね」

「リナ……お前なのか？　この勝負を促したのは」

それしか考えられない。

おおかた、俺をダシに使って脅迫《きょうはく》でもしたのだろう。

そうでもしないと、普段は温厚で優しいエリーが実力行使にでるはずがない。

「ええ、そうよ。私がこの勝負を持ちかけたの。色々と条件を提示してね」

リナは平然とした態度で、何も隠すことなく事の発端《ほったん》を暴露《ばくろ》した。

いつもと変わらぬ不敵な笑みで。

「その表情からして、俺がお前たちを追ってここに来るのも想定済みだったってわけか？」

「もちろん。ちなみに私はあんたがここに来た時からずっと存在に気付いていたわ。彼女の方は全く気付いてなかったみたいだけどね。でも驚いたわ、あんたにあそこまで魔力を暴発させられる力があったなんて」

「……なんでこんな騒ぎを起こしたんだ？」

俺がそう質問すると、リナは高笑いをあげた。

「そんなことも分からないの？　やっぱり無能ね……そこにいる邪魔者《エレノア》を効率よく排除するためよ。権力を使ってね」

「まさか、治安騎士を使って……」

「ええ、その通り。でも残念。予定が狂ったわ」

「お前ってやつは……！」

この戦闘で治安騎士がやってきて逮捕される可能性があったわけだが、彼女にとってはそれも想定済み……いや、それどころか、それでエリーを俺から引き離す予定だったのだろう。自分だけはうまいことやり過ごすつもりだったのか。

「ま、ここまで言えばもはや説明不要でしょ？　ね、マルク？」

「ああ、よく分かったよ。端《はな》からお前の目的は挨拶なんてものじゃなく、俺をパーティに引き戻すことだったってな」

「その通り。私は貴方をパーティに引き戻したいの。何としてもね」

「そうか。だがそれはもう無理な話だ。俺は既に【聖光白夜《ルークス・ホーリーホワイト》】の一員となった。お前のパーティとの間にもう縁は――」

「そう言うと思って、貴方には取っておきの情報を持ってきてあげたわ」

「取っておき……だと？」

リナはそう言って、胸ポケットから一枚の紙切れを俺に手渡す。

その中身を見てみると……

「こ、これは……！」

流石にこれは予想もしていないことだった。

リナから渡された薄紙に書かれていたのは、俺の名前と住所。

そしてその一番上にあった大見出しには……

「メンバー引き戻し申請書……？」

そんな文言が書かれていた。

そしてリナは、余裕ある笑みを浮かべる。

「その通り。あ、でもその前に……」

リナの目線は一旦俺から離れるとエレノアの方へ向かった。

「貴女には少しの間、ご退場してもらうわ。邪魔にならないようにね」

「リ、リナさん！　貴女一体なに……を……」

「エ、エリー!!」

突然、その場に倒れ込むエリー。

何が起こったのか全く分からなかった。

リナがエリーに向けて、ただ手を翳《かざ》しただけだというのに。

「リ、リナ！　お前、彼女に何をした!?」

「安心しなさい。少し眠らせただけよ」

よく見たら、エリーの胸は浅く上下している。

本当に眠りに落ちているだけのようだ。

おそらく状態異常を付与する魔法だろう、この場合は睡眠属性か。

「流石の彼女でも、私の得意魔法には敵わなかったみたいね」

「くっ……！」

そういえば、状態異常付与系統の魔法はこいつの得意分野だった。

あのエリーでもこんな簡単にやられるなんて……やはり、この女はただものじゃない。

リナは眠るエリーはそのままに説明を始めた。

「さて、邪魔者が消えたところで改めて説明するけど……これはパーティリーダーの意向を無視して脱退したメンバーを、引き戻すことができる特別なもの。パーティリーダーが持つ唯一無二の権利よ。ま、これを手にするために色々と理由作りが大変だったけどね。おかげですごい時間がかかっちゃったわ」

「なるほど。お前が最近ギルドに顔を出していないと思ったら、これを手にするためだったんだな……」

「ほ～んと、大変だったわ。どれだけ苦労したことか……まぁ、苦労したのは私じゃないけど」

「どういうことだ……？」

「いえ、何でもないわ。とにかくあんたの名前で申請書《これ》が発行された以上、その通りに従わないといけない。だから元からあんたに拒否権なんてないの」

「くっ……！」

メンバーを引き戻すための申請書があるということは、カイザーに聞いて知っていた。

でも、この申請書はそう簡単に手に入るもんじゃない。

まず、ギルド総本部の認可が必要なのだ。

ギルドの総本部は王都にあるから、ここから馬車を使っても、片道だけで二日以上はかかる。

経っている日数的にはあり得ない話じゃないが、こいつがわざわざそれだけのために面倒なことをするだろうか？

それに、この申請書はギルドが執《と》り行《おこな》う様々な厳しい審査を乗り越えた上で、発行される。

効力が強いだけあって、生半可な理由じゃ絶対に審査は通らないはずだ。

確かにリナの意向など関係なしに俺がパーティを抜けたのは事実だが、それだけでこの申請書は手に入れることはできない。

そう俺が考え込んでいると、リナは得意げな笑みを浮かべる。

「さ、行くわよマルク。あとはこれを対象者の冒険者情報を管理しているギルドに提出すれば、全てが完了する。本人を同行させないといけないのが面倒だけど……まあ問題はないわね」

「……俺がお前の言うことを素直に聞くとでも？」

「聞くわよ。というかさっきも言ったでしょ？　申請書《これ》が発行された以上、その通りに従わないといけないのよ。私の言うことを聞かないと、あんたはギルドの取り決めに背いたことになる。それがどういう意味か、分からないわけじゃないでしょ？」

「……ッ！」

下手をすれば、今後冒険者としての活動が一切できなくなってしまう。

「ま、たとえ言うことを聞かなくても、強引に連れていくけどね。こんな感じで――」

リナは俺の前に手を翳すと、魔法を発動する。

「全域拘束《リヴェード》」

その瞬間、すぐに俺の身体に異変が生じた。

「か、身体が……！」

思うように動かない。

まるで何かに縛り付けられているかのような、そんな感覚だ。

「悪く思わないでよね。一応逃げ出さないようにするための対策だから」

「な、何をしたんだ⁉」

「束縛系魔法の一種よ。これでもう、あんたは私の支配下になった。私が魔法を解かない限り、あんたは私の命令でしか動けない」

「なん……だと⁉」

でも実際、そうだった。

全く身体が動かないし、リナが得意げに歩けと言えば俺の身体は歩き、座れと言えばその場に座り込む。

もう自分の意志で自分の身体を動かすことはできなかった。

「こ、こんな魔法が使えたなんて……」

くそっ、まさか見たことがない魔法があるとは思いもしなかった。

「ふふっ、まぁ当然ね。私はそこらにいるザコ魔術師とはワケが違う。神に選ばれし才能を持った人間なの。だから、これくらいはできないと」

「……ッ！」

なぜ神はこんな人間に才能を与えてしまったのだろうか。

こんな、道を外れた人間なんかに……

「さ、とにかく今すぐギルドに行くわよ。さっさとその申請書を出しにね」

くっ、やむを得ない……のか。

自分の無力さが情けない。

心底、そう思った。

ごめん、エリー……

俺は安らかに眠るエリーに目を向けながらも、リナに連れていかれるのだった。


「――許可できないってどういうことよっっ!!」

リナはバンとカウンターを叩くなり、受付の女性に怒号を飛ばす。

俺はすぐ隣で、その様子をじっと見ていた。

「ですから、貴女のパーティは規定人数を下回ったことでパーティとして認可されなくなったんです。貴女以外のメンバーはもう既に脱退されています」

事態は思わぬ方向へと動いていた。

なんと、いつの間にかパーティ設立に要する規定人数を下回っていたため、【黒鉄闇夜《ブラリオン・ダークネス》】はパーティとして認められなくなっていたのだ。

当然ながら、このメンバー引き戻し申請書は、ギルドに登録されたパーティを対象としたものだ。

だが規定数を下回り、【黒鉄闇夜《ブラリオン・ダークネス》】の登録が抹消された今、この申請書は何の役にも立たない。

ただの紙切れも同然だった。

「どういうこと!?　私以外のメンバーが抜けただなんて……!」

まさかの事態に頭を抱えるリナ。

その時だ。

「どうやらお困りのようだね～、リナさんよ」

「……！」

背後から突然声をかけられる。

リナは振り向くなり、ものすごい形相になる。

俺は振り向けないが、その声とリナの様子から、何となく察した。

後ろにいる人物が何者なのか。

「あ、貴方たち……！」

どうやら【黒鉄闇夜《ブラリオン・ダークネス》】のメンバー……いや、元メンバーがいるようだ。

「見たところ、申請書が通らなくて……って感じですかね」

「貴方たち、この私を裏切ったの……？」

「裏切っただと？　そりゃこっちのセリフだ。その紙切れ一枚手に入れるのに、俺たちがどんな想いをしたか……！　王都まで無茶なスケジュールで行かされた挙句、かかった経費も自分持ち、疲れ果てた仲間相手に、労いの言葉すらない。むしろ用が済んだら邪魔だと言わんばかりだ」

後ろから聞こえてくる男の声は怒りで震えていた。

「俺たちはもう、てめぇの元から離れる。最初はいい人だと思って慕ってたのによ、裏を返せば心の黒さは深淵《しんえん》級。俺たちのことなんぞ道具か何かとしか思ってねぇ。悪いが、そんなゴミ虫みてぇなやつに、身を預けることなんてできねぇ」

男は強い口調でそう言い放った。

それに対してリナはどんな反応をするのかと思っていると――

「ふ、ふふっ……あはははははっ！」

なんと、高笑いをしはじめた。

その人を貶《けな》したような笑い方に、男は問う。

「何がおかしい？」

「別に何も？　ただ一つ言えるのは、貴方たちが抜けたところで私からすれば痛くも痒《かゆ》くもないということ。私には人にはないカリスマ性と美貌がある。それにこの申請書は発行から一年間有効になる。失ったのなら、また新しいコマを探せばいいだけなのよ」

このクズが……！

おそらくその一年の間に適当なメンバーを入れてパーティを結成しなおし、俺を連れ戻すつもりなのだろうが……身体が自由に動かせていたら、確実に一発殴っているレベルだ。

自分を信じてついてきてくれた人間をこうもあっさりと切り捨てるなんて、人道を逸《いっ》している。

もう、幼馴染だからどうとかそんな次元じゃない。

人としての考え方そのものに問題があるとしか思えなかった。

「でもこのままじゃ私の悪評が立ちかねないから、貴方たちには消えてもらうけどね。ついでにこの場にいる全員の記憶操作もしておかないと。ああ、でも記憶を抜かれすぎて廃人になってもいいなら、貴方たちも消さずに済ませられるけど……どうせ廃人になるなら、普通に死んだ方がマシかしら？　後処理も楽に済むし」

ギルドの職員やパーティメンバーもいて、この場において多勢に無勢であるはずなのに、余裕《よゆう》綽々《しゃくしゃく》の態度を見せるリナ。

本当に記憶操作なんてできるのか、と疑問に思ってしまうが、今までの経験を踏まえると、この女ならできるかもしれない。

そう考えてみれば、これまでリナの悪い噂が不自然なほどに流れなかったのも、おかしな話ではない。不都合な事実を知る者の記憶を、消していたとすれば納得だ。

だとすればおそらく、リナに記憶を消されずに彼女の本当の姿を知っているのは、ごく限られた者だけということだ。

そしてきっと、自分《リナ》にとって害はないと判断された人間のみ。

俺もそのうちの一人だったのだろう。

記憶を消す力と、先を見据える計算力、自分をよく見せるためのノウハウ、そして何より、魔法の才能。

それらをフルに使って、この女は地位を手に入れた。

もしどれか一つでも欠けていたら、とっくに干されていたはずだ。

ある意味、この女こそ真の天才なのかもしれない。

俺が内心で苦い表情を作っていると、リナは悪人にしか見えない笑みを浮かべる。

「ま、そういうことだから、あんたらには全員……死んでもらうね」

そう言って、男たちの方へと手の平を向ける。

「お、おい！　お前本当に……」

あれは茶番でも何でもないと、なんだかんだ付き合いの長い俺にはすぐに分かった。

「や、やめろ……やめるんだリナッ!!」

止めようと無理に身体を動かそうとするもビクともしない。

リナの目は本気だった。

こいつは本気で人を殺そうとしている。

その目は、俺が知るかつてのリナのものではなかった。

「じゃ、バイバイ。せいぜいあの世で嘆《なげ》くといいわ」

リナはため込んだ魔力を一気に解き放とうとした——その時だ。

「そこまでだ」

その声と共にリナの身体に異変が生じる。

発動されかけていた魔法も消滅し、リナの行動がピタリと止まったのだ。

「うっ……！　なに!?　どういうこと!?　身体が、身体が動かない……っ！」

あれ、身体が……？

同時に俺にかかっていた魔法も解除され、ようやく自由の身になった。

俺はすぐに後ろを振り返る。

そこにあったのは数人の元パーティメンバーの姿と、その背後の数名の姿だった。

元パーティメンバーたちが真ん中に道を作ると、背後にいた数名がスタスタと歩いてきて、その正体が露《あら》わになる。

赤で統一された服を纏った、数名の集団。

そして胸元にはとある組織を示すエンブレムが。

間違いない、この集団は……

「——セラフだ」

「……おい、あれって執行魔術師《セラフィ・エイド》だよな？」

「どうなってんだ？　なんで奴らがこんなところに……？」

執行魔術師《セラフィ・エイド》、通称セラフ。

国が管理下に置く、正義執行機関というところに属する魔術師で、悪人処刑や各地方に在住する治安騎士たちの統括《とうかつ》を行なっている、裁きのスペシャリストだ。

常に赤いローブを身に纏っていることから、ついたあだ名は赤血魔術師《せっけつまじゅつし》。

悪人に対しては誰であろうと容赦がなく、命令が下ればどこであろうと平気で人を殺す……という噂があり、二重の意味でこのあだ名がついたらしい。

だが、基本的には犯罪を取り締まるのはあくまでも治安騎士であって、執行魔術師《セラフィ・エイド》が出てくるということは相当なことである。

禁忌《きんき》レベルの法を犯すか、要人殺害といった並々ならぬ所業をしない限り、彼らは滅多に出てこない。

そのため目にしたことのある人間はそう多くなく、俺も噂を耳に入れたことがある程度だ。

治安騎士と同じ紅《くれない》の十字型のエンブレムと赤いローブという目立つ特徴があるからこそ、彼らが執行魔術師《セラフィ・エイド》だということが分かっただけで、実際にお目にかかるのは初めてだ。

赤一色の集団は元メンバーたちの少し前に出て、ピタリと足を止める。

その先頭に立っているのは、銀色の仮面をつけた男だった。

「そこまでだ。リナ・アルマーク」

「あ、あなたたちは……！」

思うように身動きが取れない様子のリナ。

仮面の男は首をクイッと動かし、指示を飛ばす。

「罪人だ。捕らえろ」

仮面の男の声で、彼の両隣にいた魔術師が一斉に動き出す。

「ちょっ、いきなりなにするのよ！　離しな——うぐっ⁉」

口では抵抗するが、身体は動かないリナはあっけなく拘束され、地面に叩きつけられた。

仮面の男はコツコツと音を立て、ゆっくりとリナの元へと近づく。

そして地面に伏すリナに鋭い眼光を向けた。

「リナ・アルマーク。自分が何をしたか、分かっているか？」

「な、何のことよ？　私が何をしたって言うのよ！」

「とぼけるな。貴様が身内を利用して、王国法に反した不正行為を行っていたことはもう割れているのだ。先ほどレヴァンド・アルマークが、法規違反及び不正行為関与の罪で斬首刑《ざんしゅけい》に処された」

「お爺《じい》さまが……殺された!?」

「貴様も同罪だ、同じ運命を辿《たど》ることになる。もっとも、首謀者《しゅぼうしゃ》である貴様の場合は穴倉に数年間閉じ込めた上で……だがな」

「そ、そんな……お爺さまが……」

顔を真っ青にするリナ。

まさに絵に描いたような絶望的な表情だった。

仮面の男はリナに対し、容赦ない言葉を浴びせる。

「ギルド情報の不正操作、並びに書き換えは王国法の中では禁忌とされている行いだ。当然、処罰もそれ相応のものが下る。貴様の祖父のようにな」

「……」

仮面の男はリナの前に手を翳すと、詠唱を始める。

紫色の光が彼女を包み込み、次第に消えていった。

「束縛魔法を解いた。これから貴様には我々についてきてもらおう」

男はそれだけ言うと、後ろを振り向き、出口の方へと歩いていく。

だがその時だ。

「ふ、ふふふっ……私がそう簡単にあんたらの言うことを聞くわけがないでしょ」

リナは小声でそう言いながら、ゆっくりと立ち上がる。

自分を拘束していた者たちを力ずくで振りほどくと、瞬間的に魔力を溜め込み——

「わたしはこんなところで終わるわけにはいかないの！　だからあんたたちに捕まるわけにいかない！　目的を果たすまでは——」

魔法を放とうとするリナ。

だがその瞬間、突然リナの片腕が宙に舞った。

「え、うそ……？　腕が……私の腕がぁぁぁぁぁぁっ！」

腕が吹き飛ぶと同時に、傷口から血が噴き出す。

リナはその場で蹲《うずくま》り、悶絶《もんぜつ》していた。

突然の展開に、俺を含めたギルド内にいる冒険者全員が息を呑んだ。

仮面の男は振り向くと、冷静な声を放った。

「おい、止めろ」

その声が向けられた先は、リナの後ろ。

さっきまで彼女を拘束していた者の一人だった。

リナに照準を合わせるように、手の平を向けている。

おそらく空気を利用した斬撃魔法を使ったのだろう。

「総裁のご命令の中に、その場で殺せというものはない。勝手な真似は慎《つつし》め」

「申し訳ございません」

「連れていけ」

「はっ」

まさかの事態に静まり返るギルド内。

リナは唸《うな》り声を上げながらも、再び拘束される。

「や、止めて！　離してっ！　やだっ……まだ死にたくない！　助けて、マルク！」

リナは必死に抵抗しながらも、俺に助けを求める。

俺は無理矢理連れていかれようとしているリナを、瞬《まばた》きもせずにじっと見つめていた。

「マルク！　ねぇマルク！」

リナの叫び声だけがギルド内に響き渡る。

俺は終始無言で彼女を見送り、そして彼女の姿がギルドから完全に消えた後も、しばらくその場に佇んでいた。

これが、好き勝手やった人間の末路か……

それにしても、不思議なものだ。

仮にも幼馴染が目の前で死の道へと進もうとしているというのに。今まで全力で彼女のことを守ってきたはずなのに……

止めようと思うどころか、何の感情も湧くことがなかったのだから。

「おーいマルク！」

「マルくん！」

しばらくすると、カイザーとエリーもギルドへとやってきた。

二人はギルドへ入るなり、顔を青ざめさせる。

それも当然だ、掃除している最中とはいえ、床には血が広がっているのだから。

「こ、これは一体……」

「何があったの？　マルくん」

状況を聞いてくる二人に、俺はしばらく言葉が出なかった。

その後、ギルドは一時閉鎖となったため、俺たちは場所を変えることにした。

向かった先は近くの大衆酒場。

店の隅っこにあるテーブルを三人で囲い、俺は二人にあの場所で何が起きたかを説明した。

「――そんなことが……どうりで街中の治安騎士たちの様子がおかしいと思った。全然応対してくれないし、泣く泣く現場に戻ったらリナとマルクの姿がいないし、エレノアさんは倒れているしでもう混乱状態だったぜ」

カイザーの言葉から察するに、おそらく治安騎士はリナを捜しまわっていたんだろうな。

その横で、エリーがホッとしたように言う。

「でも良かった、マルくんが無事で。本当にごめんなさい、貴方を守ることができなくて……」

「エリーは悪くないよ。俺が弱いから……アイツに立ち向かえるほどの強さがなかったからいけないんだ」

俺もリナやエリーのように強ければ、こんな事件を目の当《まあ》たりにせずに済んだのだ。

今までもそうだ。【黒鉄闇夜《ブラリオン・ダークネス》】に属していた多くの冒険者たちも、辛い想いをせずに済んでいただろう。

今回の事件を含め、リナが今までしてきたことは許されることじゃない。

でも、リナの最も身近にいた俺にも責任があるとも言えるだろう。

本来ならば俺が皆に代わって裁きを下すべきだったのだ。

旧友として、幼馴染として。

今となってはもう遅いことだが、自分の無力さが情けない。

力が欲しい。

今回の一件でその想いが強くなった。

今まではそんなこと微塵も思わなかったけど、今の俺は心の底から力を欲するようになっていた。

「本当にごめん、二人とも。心配をかけてしまって……」

「気にすんな、お前が悪いわけじゃねぇんだから！」

「そうだよ。マルくんは悪くない！」

暗く沈む俺を二人が励ましてくれる。

「でもまさかとは思っていたけど、あのリナさんがそこまでのことをしていたなんて……」

「エレノアさんも幼馴染なんですよね、リナと」

「ええ。その時の彼女のイメージからじゃ想像もできない……」

エリーとカイザーの会話に、俺も頷く。

「俺もです。いつからあんなに歪んでしまったのか……」

せめてその理由だけでも知りたかった。

まぁもう終わったことだから、一生聞けない話なんだけど。

「まぁ、とにかく元気だせ。今日の夜は付き合ってやるからよ！」

「わたしも、付き合うよ。マルくんの元気を取り戻すためなら、なんだってするから！」

「お、いいなぁ～マルク！　聖女様から何でもします発言が出たぞ。こりゃもう……ふへへへ」

「その気持ち悪い笑いは止めろ……あと、そんなことしないから！」

カイザーの言葉の意図を汲《く》んだ上で否定する。

その一連の流れを見ていたエリーはじーっと俺を見てきた。

「あらかじめ言っておきますが、エッチなのはダメですからね。うちのパーティは不純異性交遊を禁止しているので」

「えっ、そうなんですか!?」

なぜカイザーは驚いているのか。

普通にダメだろ、不純な関係は。

「当然です。健全な関係ならば認めますが、それ以外ではノーです」

「あ、健全ならいいんですね。良かったです」

何と勘違いしていたのか知らないが、ホッと胸を撫《な》で下《お》ろすカイザー。

何か先行きが不安になってきた。

「マルくんもしっかりと気に留めておくように」

「お、おう……」

謎に念を押される。

カイザーが余計な発言をしたせいで、信用されなくなってしまったのか？

「それじゃ、無粋《ぶすい》な話はここまでにして。早速始めましょうか」

「ですね！」

テンションが上がる二人。

二人の笑顔を見ていると、心に刺さっていた棘《とげ》みたいなものが少しずつ無くなっていくのを感じた。

そして自然と俺にも笑顔が戻ってくる。

もっと強くならないと。

情けない自分を変えないと。

今回の一件で、俺の心の中にはそんな強い想いが芽生えた。

この先もまだまだ長い道のりだが、もう二度と後悔するようなことはしたくない。

……絶対にだ。

俺はそう決意を固め、二人と夜遅くまで飲みまくったのだった。

第三章　旅立ち、そして新天地へ

リナの一件から二日後。

余韻《よいん》は残っているものの、いつもの平凡な日常に戻りつつあり、ギルドも通常営業にシフトした。

あの後、ギルドから正式に何があったのか発表されたのだが、どうやらリナは祖父にお願いして、メンバー引き戻し申請書に必要な審査を、強引に突破させたらしい。それを、元パーティメンバーに相当無理をさせて、王都から回収してきたんだとか。

とんでもない無茶をしたもんだ。

それにしても、まさかリナの祖父が国家のお偉いさんだったとは。

明確な役職は知らないけど、ギルドの審査を誤魔化せる時点で、相当な立場だったということが分かる。

祖父がいることは、リナから聞いていたから知っていたけどさ。

どこで誰がどんな形で繋《つな》がっているか分からない、と思うと、なんか怖いな……

そんなことを考えていると、扉のノック音と共に外からカイザーの声が聞こえてくる。

「お～い、マルク～！　迎えに来たぞ～～！」

ちょうど朝ごはんの洗い物をしていた俺は一旦作業を止めようとするが——

「あっ、マルくん。私が出るから大丈夫よ～」

「す、すみません。お願いします」

「は～い」

カレアおばさんはそう言って、玄関の方へ駆け寄った。

おばさんが扉を開けると、いつも耳にする愉快な声が聞こえてきた。

「あっ、どうもカレアさん。いつもお世話になっています！」

「おはよう、カイザーくん。えーっとそちらは……」

「エレノア＝フォン・リーヴェルと申します。マルくん……いえ、マルクさんの所属しているパーティのリーダーをしている者です。お初にお目にかかれて光栄です」

「あらあら、こんなにお可愛い子が冒険者を……時代は変わったものね～」

「お、お可愛いだなんて、そんな……あっ、これつまらないものですが……」

声からすると、カイザーだけではなくエリーも来ているようだ。

仲良く話すカレアおばさんたち。

「こんなところで話すのもあれだし、中に入って！　今からお茶を淹れますから」

「ありがとうございます！」

「お邪魔いたします」

カレアおばさんが二人を家の中へ招き入れる。

俺もちょうど洗い物が終わったので、タオルで手を拭《ふ》いて玄関の方へと向かうと、カイザーとエリーが俺に気付いた。

「あ、おはようマルク！」

「おはようございます」

「おはよう、二人とも。今日はどうしたんだ？」

「明日、リールに出発するからご挨拶に来たの」

「そゆこと！　ちなみに俺はエレノアさんの案内役で来ました」

エリーとカイザーの口から訪問の理由が語られる。

エリーの言う通り、俺たちは明日、【聖光白夜《ルークス・ホーリーホワイト》】が活動拠点としている商業都市リールに向かう。

それからは向こうで生活することになるから、この家で過ごすのも今日が最後になるというわけだ。

カレアおばさんはニコニコ顔で、台所へと向かう。

「今からお茶を淹れますからね」

「あっ、お手伝いしましょうか？」

「俺もお手伝いします！」

「いや、ここは俺が……」

「いいのいいの～、みんなは座ってて。色々とお話ししたいこともあるでしょうし」

「す、すみません。お気遣い、ありがとうございます」

「ふふっ、いえいえ」

カレアおばさんはニッコリと微笑んで、キッチンへと入っていった。

するとエリーが、耳打ちしてくる。

「あの方がカレアさん？　とてもお優しいお母様だね」

「ホントだよ。俺には勿体《もったい》ないくらいだ」

「しかも美人！　もう言うことなしだよな！　別に俺は人妻専ではないけど、カレアさんだったら、全然いけるわ」

ニヤニヤと鼻の下を伸ばすカイザー。

確かに歳を感じさせないほどの容姿の持ち主だけど……

「おばさんに手を出したらぶっ殺すからな。たとえ相手がお前でも」

「わ、分かってるって！　流石にしないから！」

カイザーは少し焦った感じで否定する。

こいつならやりかねないからな。

とまぁこんな感じで、朝には相応《ふさわ》しくない会話で歓談は始まった。

「いよいよ明日からリールに行くのか。俺、行ったことないから楽しみだな」

「そういえば俺もないな」

カイザーの言葉に、俺も頷く。

というか、依頼を除けばそもそもこの街からあまり出たことがない。

友人と旅行なんてことも一度もなかったし。

こっちに引っ越してきてから、ずっとこの街にいる。

「リールはとてもいいところよ。美味しい食べ物もいっぱいあるし、観光名所もそれなりにあるから、毎日多くの人が街に来るわ」

「リールねぇ。私も若い頃に何度か行ったことがあるけど、ウルム街にある洋食屋のオムライスが絶品でねぇ。あの味は今でも忘れられないわ」

そんなことを言いながら、カレアおばさんが人数分のお茶とお茶菓子を持ってやってきた。

すると、その話に食いつく人物がいた。

「洋食屋さん……もしかしてアルファイムの洋食亭ですか？」

リールに住んでいるエリーだ。

「そう！　そこのオムライスを食べるためにわざわざ行ったこともあるのよ」

「そうだったんですか！　実は、私もあの店によく行くんです！　オムライス、すごく美味しいですよね！」

「あら、今でもやっているのね」

「ええ。リールでは一、二を争うレベルの人気洋食店ですよ！」

その洋食屋さんのことで話が盛り上がるエリーとカレアおばさん。

それから話は更に膨れ上がり……

「そういえば、昔は冒険者をやってらしたんですよね。マルクさんから聞きました」

「もうだいぶ昔の話よ。まだマルくんがこんなに小さくて初等部に入る前だから」

「マルく……マルクさんの初等部に入る前の話……」

「興味ある？」

「え、ああいや、それはその……はい」

エリーが否定もせずに素直に答えると、カレアおばさんは楽しそうな笑みを浮かべる。

「なら、いいものを見せてあげるわ。つい最近、押入れを掃除していたら出てきたの」

そう言って近くの書棚に手を伸ばし、一冊の分厚い冊子を取り出す。

なんか嫌な予感がする。

そうと思ったのも束の間――

「ほらこれ！　マルくんのアルバム！」

カレアおばさんはジャーンと言わんばかりにそれを見せつける。

やっぱりかぁぁぁっ！

予想的中である。

しかも傷一つない、めっちゃ綺麗なアルバムだった。

「懐かしいわ〜。これは、まだマルくんがうちに来たばかりの頃ね」

「お、おばさん。恥ずかしいからそれしまって……」

「いいじゃないの〜、減るものじゃないし」

カレアおばさんはアルバムを開くなり、ニコニコと微笑む。

それに便乗して……

「み、見せていただけますか⁉」

「あ、俺も見てみたーい」

二人もアルバムに興味を示してしまった。

カイザーに関しては、わざとらしく言っていた。

こいつ、俺が困っていることを楽しんでいやがるな？

「いや、見てもつまんな――」

「あぁ～っ、かわいい～！　昔はこんなに髪が短かったのね」

「お～、ホントだ。なんか、マルクらしくないな！」

どういう意味だ、それは……

今でも長い方ではないんだが。

二人はもう俺のアルバムに釘付《くぎづ》け状態だ。

そこにカレアおばさんの熱烈なマルクエピソードが加わり、俺のメンタルはゴリゴリと削られていく。

は、恥ずかしすぎる……

「あ、この写真、実は前、学園に通っていた時に好きだった――」

「おばさん！　その話は、その話だけは止めてーーー！」

「えっ、なになに気になる！」

「もう諦《あきら》めるんだ、マルク。仮に羞恥《しゅうち》で死んでも、骨だけは拾ってやるから」

「お前、実はそんなに興味ないだろ！　面白がっているだけだろ！」

「そ、そんなことないぜ？」

「バレバレだっつーの」

それから俺の恥ずかしい話は昼過ぎまで続いたのだった。


「――よし、これで終わりっと」

キャリーバックの中に荷物を詰め込み、一通りの準備を終える。

俺のアルバム鑑賞大会の翌日。

今日はいよいよ、馬車に乗って【聖光白夜《ルークス・ホーリーホワイト》】の拠点、リールへと旅立つ日だ。

「外の世界か……」

なんかものすごく新鮮な感じだ。

今までの俺なら絶対にこのブルームから出ないだろうと思っていたのに。

最近色々なことがありすぎて、じっくりと考えることはなかったけど、こうして冷静になってみると少しばかり不安が募る。

もちろん、ワクワク感もある。

気持ちとしては、大体半々くらいだ。

――コンコン。

「マルくん～？　どう？　準備できた～？」

カレアおばさんの声が、ノック音と共に聞こえてくる。

「はい！　もうできましたよ！」

「じゃあ、朝ごはんにしましょうか。もうできているから、下にいらっしゃい」

「分かりました！」

部屋の中なので少し声を張って返事してから、俺はキャリーバックを持って下のダイニングへ向かう。

テーブルを見ると、朝ごはんにしては豪勢な食事がズラリと並んでいた。

「おぉ……今日の朝ごはんはすごいですね」

「なんたって今日は、我が息子の旅立ちの日だもの！　気合い入れちゃおうって思ってね、作りすぎちゃった。どう？　朝だけど、この量食べられそう？」

「も、もちろんです！　何なら皿ごといってやりますよ！」

「ふふふっ、なら良かった。あ、でも本当にお皿は食べちゃだめよ？　破片が身体の中に刺さったら危ないもの」

心配するとこ、そこなのか……

でも、すごく嬉しい。

気持ち的には本当に皿まで食べちゃいたいくらいだ。

多分だけど、幸せってこういうことを言うんだろうな。

「ささっ、冷めないうちに食べちゃいましょうか」

「はい！」

俺たちはいつものように食卓を囲み、手を合わせる。

「「いただきます」」

食材に感謝を込めて挨拶をした後、いつもよりも豪華な朝ごはんが始まる。

うちは朝ごはんの最中も会話が弾む家庭だから、二人でも静まり返ったりすることはない。

むしろおばさんが積極的にいろんな話をしてくるくらいだ。

「はぁ～、旅立ちかぁ。私も親里を離れて初めて冒険に出た時のことを思い出すわ」

「やっぱり、不安とかってありました？」

実際、ちょっと不安になってきているので聞いてみると、カレアおばさんはすぐに答えてくれた。

「もちろん最初は不安だらけだったわ。自分で決めたことなのに、いざ親元を離れるとなると寂しくなっちゃったりしてね」

「そうだったんですか……」

やっぱり初めは誰でもそうなんだな。

「でもいろんな世界を見て、いろんな人と関わっていくうちに、いつしかそんな寂しさは消えていたわ。むしろ、次はどんなことが待っているんだろうっていう好奇心ばっかりが募っちゃって」

「なるほど……」

「どうしたの、ここを出るのが不安なの？」

「い、いえ……いや、正直に言うとちょっと不安です。ただでさえ知識もないので。今後、どうなるかも分かりませんし」

おばさんを心配させないためにも強がりたいが、本音は隠せない。

それに、自分がどうなるかもだけど、おばさんのことも心配だし。

そう思い、俯《うつむ》きかけたその時だ。

おばさんは急に立ち上がると、俺の背後に立つ。

そして俺の両肩に手を乗せて、肩をもみ始めた。

「お、おばさん……？」

「あ〜、やっぱり少し硬いわね。緊張とか不安があると肩って硬くなるものなのよ」

「は、はぁ……」

最初はこの行動の意味が分からなかったが、時間が経つにつれてその意味を理解する。

心なしか、不安や緊張という要素が、スーッと抜けていくような感じがしたのだ。

「おばさん、これって……」

「少しは解《ほぐ》せたかしら？」

俺の顔を覗き込み、ニッコリと微笑んでくる。

俺は少し照れくさくなり、小声で返事をした。

「あ、ありがとうございます」

「いいのよ。誰しも初めは不安に思うのが普通なんだから」

おばさんは優しい声色でそう言ってくれた。

不思議と、不安よりもワクワク感が勝ってきた気がする。

半々から六対四くらいになった感じだ。

「あ、あと私のことなら大丈夫だから。前も言ったけど、マルくんにはいろんな世界を見てたくさんの経験を積んでほしい。それが今は亡きお父様とお母様の願いであり、私の願いでもあるから」

「おばさん……」

「ま、まぁ……ちょーーーっとだけ本音を言うと寂しいけどね」

「大丈夫ですっ！　一か月に十回、いや二十回は帰ってきますので！」

「それは流石に無理じゃないかしら……？」

苦笑いするカレアおばさん。

でもこんな家族水入らずの会話が当分なくなると思うと、やはり寂しさがこみあげてくる。

それから俺たちは、いつものように会話をしながら、朝ごはんを済ませ、一緒に後片付けをした。

そして少しばかり、二人でゆったりして——


「……それじゃあ、行ってきます」

「身体には気を付けるんだよ」

「おばさんもね」

最後にぎゅっと抱きしめ合い、それが数秒ほど続く。

「帰ってくる時は連絡ちょうだいね。あったかいご飯を作って待っているから」

「は、はい……」

おばさんの暖かさに身を包まれながら、俺は小声で返事をする。

そして名残惜しいが、俺はおばさんから身を離す。

「じゃ、もう行ってきます」

「ええ。頑張ってねマルくん！」

「はい！」

俺は最後にまたぎゅっと短めのハグをすると、手を振りながら、街へと歩んでいく。

それに応えるように手を振り返すカレアおばさん。

そして次第にその影は小さくなっていき、俺は前を向く。

希望を胸に抱きながら。

◆　◆　◆

「……行ってしまったわね」

カレアは一人、家の前に佇む。

少し寂しい想いもあったが、それよりも嬉しいこともあった。

彼が立派にここまで成長してくれたことだ。

最初に引き取った時は不安しかなかった。

自分がこの子を立派に育てられるのか、伸び伸びと生きていける環境を与えることができるのか。

でもこうして立派に旅立っていく姿を見ると、言葉にならないくらいの嬉しさがグッと込み上げてくる。

あの時の自分の決意は間違っていなかったのだと。

「ジードさん、マリーダさん。貴方がたのお子さんはここまで逞しく、立派に成長してくれましたよ」

雲一つない、蒼く澄んだ空を見上げながら、天国にいるマルクの両親にそう語りかけるカレアであった。

◆◆◆

カレアおばさんに別れを告げてから、数時間後。

俺たち一行はリールへ向けてブルームを出た。

馬車での移動になるのだが、大人数が収容可能な大型のものが手配されていて、かなりスペースに余裕があった。

馬車に乗っているのは俺とカイザー、そしてエリーの三人だ。

前に会った他の主要メンバーは、別件があって先にリールへ出発したらしい。

「いよいよだな、マルク」

「ああ、そうだな」

街の正門を潜り、いよいよ自分にとって人生の分岐点になるであろう旅が始まることに、なんとも言えない高揚感が湧き上がってくる。

「俺、今日が待ち遠しくて昨晩は全然眠れなかったんだ。おかげで今はすっげぇ眠い」

「そ、そうか……」

どうりでカイザーの目の下に大きなクマができていたのか。

出発する前に見た時は、体調でも悪いのかと思っていたが……

「リールまではまだ時間があるので、お休みになってください。毛布もここにありますので」

「え、いいんですか!? なら遠慮なく休ませていただきます！」

「はい。どうぞごゆっくりなさってください」

カイザーはエリーから毛布を受け取ると、奥のスペースで横たわる。

それと同時に、いびきのような唸り声が早速聞こえてきた。

「寝るの早くないか？」

「相当、睡眠不足だったんだね。マルくんも疲れているなら、休んでくれて全然問題ないから」

「ありがとう、エリー。俺はもう少しこの余韻に浸《ひた》りたいから、休むのは後にするよ」

馬車の中から外を眺める。

後部の窓から覗くと、さっきまで俺たちがいた街が小さくなっていた。

「寂しい？」

じっと窓の外を見つめる俺に、エリーがそう聞いてくる。

「まぁな。俺はあの街で長い間育ってきたから」

生まれてから数年は別のところで過ごしていたけど、おばさんに引き取られてからは、ずっとあの街と共に生きてきた。

俺にとっては思い入れの深い地だ。

「今更だけど、本当に……良かったの？　マルくんは……」

「え……？」

「マルくんにはあの街に残る選択肢もあったのに……って。正直、わたしが無理に誘っちゃったのもあったから……」

何か後ろめたさがあったのか、エリーは申し訳なさそうにそう言った。

でも俺は自分の決断に後悔なんてしていない。

むしろ……

「俺はこれで良かったと思っている。それに、故郷を出るって決めたのは自分の意志だ。気にすることはないよ」

「で、でも……カレアさんのことは……」

「おばさんにはしっかりと相談したよ。それに、俺が旅に出ることはおばさんの願いでもあったらしいんだ。それを聞いて、更に自分の決意を固めることができた。正直、それまではどうしようかすごく悩んでいたから」

「そう、だったんだ……」

不安げなエリーに、力強く頷いて見せる。

「だから大丈夫だ。俺はこれからエリーたちと共に冒険者としての道を歩む。そしていろんな経験をして、強くなって、いつか誰にも負けないような強い魔術師になる。これが、今の俺の目標であり、夢なんだ」

「マルくん……」

「だからこれからもよろしくな、エリー！」

「う、うんっ！　こちらこそ末永《すえなが》くよろしくね、マルくん！」

末永くって……

でもエリーとなら、それでもいいか。

多分もうパーティを抜けるなんてことはないだろうし。

「ふわぁ～、俺もちょっと休むかな」

「じゃあわたしも一緒に休む！」

欠伸をしながらそう言うと、エリーは俺の腕にガシッとしがみついてきた。

「お、おいエリー……別にそこまでくっつく必要はないだろ」

「別にいいじゃない。減るもんじゃないし～」

「減るものではないけど、これは色々と……」

問題だ、それこそ色々な意味で。

それにこのままじゃ、落ち着かなくて全然休めない。

でもエリーは俺から離れようとしなかった。

「な、なぁエリー。やっぱり――」

「ごめんね、マルくん。気付いてあげられなくて」

「な、なにが？」

「あんなに酷い仕打ちを受けていたのに、傍で見ていたのに、何もしてあげられなくて……」

ああ、そういうことか。

「エリーが謝ることじゃない。あまり気に病むな」

「うん……」

俺の腕にしがみつきながら、彼女はボソッと言い、頷く。

でも思い出すと、今まで封じ込めていた様々な想いが底から込み上げてきた。

「なぁ、エリー」

「うん？」

「やっぱり、少しだけそのままでいてくれ」

俺のこの願いにエリーはニコッと微笑む。

「うん、分かった」

そう優しい声色で言った。

それからしばらくの間、俺とエリーは身を寄せ合いながら、馬車に揺られるのだった。

リールへは、意外とあっさりと、半日くらいで到着した。

とはいえ、半日も馬車に乗るという経験なんてしたことがなかった俺にとっては、すごく長く感じた。

馬で駆ければもうちょっと時間を短縮できるだろうが……通うなんて選択をしなくて良かったよ。

あと、幸い少し仮眠を取っていたおかげで身体の疲労はないから、まだマシだな。

馬車はリールへの門を潜って、検問所へ進む。

そこで客の情報など諸々の確認が行なわれ、乗っている俺たちも代表者一名が外に出て身分証明をしてほしいと言われた。

代表者はエリーが行ってくれて、無事検問を通過すると、いよいよ街の中へと入っていく。

こんな厳重な検問があるなんて、それだけでも流石は都会といった感じだ。管理が徹底されている。

俺たちがいたブルームも検問所はあるが、ここまで徹底的じゃないからな。

それでもあの街では、犯罪やら不穏な事件はあまり起こることはなかった。

なんだかんだ十数年は暮らしてきたが、記憶に残るような事件はない。かなり平和な街だ。

だから、この前のリナの一件が久しぶりの大事件だったと思う。

あの街は静かにのんびりと暮らす分にはとてもいいところだったのかもしれないな。

そんなことを考えているうちに馬車は検問所を抜けると、そのまま直進していく。

窓から街の様子を見ると、多くの人が行き交っており、故郷であるブルームとは比にならないくらいの活気で満《み》ち溢《あふ》れていた。

それを見た俺は、思わず言葉を漏らす。

「すごいな……」

「すごい賑わいでしょ？　いつもこんな感じなのよ、リール《ここ》は」

「いつもこうなのか……」

「まぁ、色々な方面から色々な人が来るからね。王国の筆頭発展都市に加えられているし」

「筆頭発展都市？」

聞き覚えのない言葉に、首を傾げる。

「王国内にある大都市の中でも、特に発展している都市のことを指す言葉よ。中でもリールは商業の街とも言われていて、年中様々なモノがここに集まってくるわ。それこそ、他国や他の大陸のものまでね」

「なるほど……」

だから商業都市と言われているわけか。

「お客さん、そろそろ停留所です。ご準備を」

御者さんと会話ができる小窓から、準備を促す声が聞こえてくる。

もうすぐ到着するみたいだ。

荷物をまとめ、いつでも降りられるように準備をする。

「おい、カイザー。起きろ」

「んんっ……？　俺はまだ寝てるぞ。むにゃむにゃ……」

「もうリールの乗り場に到着する。このまま放っておいてもいいが、どこか知らんところに行くことになるぞ。それでもいいのか？」

「ん～～～っ！」

カイザーは気怠《けだる》そうに起き上がると、ググッと伸びをする。

口元からは爆睡の証であるヨダレが滴《したた》っていた。

汚ねぇ。

「ふわぁぁぁ～、もう着いたのか？」

「たった今な」

「おはようございます、カイザーくん。よく眠れましたか？」

「おはようございます。いやぁそりゃあもう、ぐっすりですよ！」

俺相手とは打って変わった対応の仕方である。

まぁそりゃ、ぐっすりだったよな。

しっかりとヨダレも出てたし。

「到着です、お客さん。お忘れ物がないよう、お気を付けください」

「ありがとうございました。じゃあ二人とも、行きましょう！」

「はい」

「うっす！」

俺たちは御者に一礼すると、馬車を降りる。

そしてエリーが俺たちの目をまっすぐに見つめて、にこりと笑みを浮かべた。

「今からわたしたちが拠点としているギルドハウスに向かいます。案内するので、ついてきてください」

目指すは【聖光白夜《ルークス・ホーリーホワイト》】のギルドハウス。

目新しい光景に目を奪われつつも、俺たちはエリーの後をついていくのだった。


「すごい人だな。流石は筆頭発展都市に加えられるだけある」

俺は歩きながら、思わずそう零した。

——商業都市リール。

ヴェルダー王国の南端に位置し、人口は約七十万人。

様々な地域、国と交流があるだけあって、こうして歩いているだけでも、ブルームとはまた違った文化を感じられる。

そんな俺の横で、カイザーがエリーに尋ねる。

「ギルドハウスってここからどれくらいなんです？」

「街の中心街からは少し外れたところにあるので、歩いていけば四十五分くらいはかかるかと」

「そ、そんなにかかるんですか？」

「はい。なのでここからはまた馬車を使います。馬車を使えば三十分ほどで到着しますので」

そんなエリーの言葉に、カイザーが目を丸くしている。

「馬車？　街中なのに馬車を？」

「馬車といっても遊覧用の小さな馬車ですよ。事前に予約さえ取れれば、無賃で乗車することができます」

「はぇ～、流石は大都市だ。俺たちの故郷とはえらい違いだな。なぁ、マルク？」

「お、おう……」

「ん、どうしたマルク。さっきからキョロキョロと」

周りを見渡していると、カイザーが顔を覗き込んできた。

「いや……こんなに人が多い場所は来たことがないから、少しな……」

「ああ……お前って引っ越してきた後は、ろくにあの街から出たことなかったもんな。人混みに慣れてないってとこか？」

「まぁね……」

別に身体に支障が出るようなレベルではないけど、少し苦手かもしれない。

人が多くて活気があるのはとても素晴らしいことだとは思うけど……

「無理しないでね、マルくん。具合が悪くなったら、すぐに言って」

「ありがとう、エリー。でも心配いらないよ」

心配をしてくれるエリーにそう一言伝える。

すると脇《わき》から、何やら鋭い視線を感じた。

そちらに目をやれば、カイザーが俺のことをじーっと見ている。

「ど、どうしたカイザー？　なぜ睨むんだ？」

「いいよなぁ〜お前は。あんなに可愛い幼馴染がいて……」

「あ、ああ……」

そのことか。

俺とエリーの関係――幼馴染であることについては、前に酒場で盛り上がった時にカイザーには話しておいたのだ。

それから幾度か、嫉妬《しっと》に近い眼差しを向けられたことはあったが、こうして言葉にされたのは初めてだった。

「くそ〜っ！　俺もエレノアさんみたいな可愛い幼馴染が欲しい！　マルクの裏切り者〜！」

「いや、別に裏切っては……」

実際、彼女から真相を聞かされるまで知らなかったし。

というか俺自身もめっちゃ驚いたし。

「で、でもお前には推薦してくれた参謀のクレアさんがいるじゃないか。もしかしたら――」

「ああ、そうだ！」

カイザーは突然拳を握りしめると、声を張った。

「俺もそれに望みをかけている。クレアさんもエレノアさんに負けないくらいの美人だったしな。

というか、パーティの女性陣全員のクオリティが高すぎる」

「それは否定しない」

　エリーを始めとして、副団長のステラさんに、参謀のクレアさん。

　そして他の幹部の面々や役職についていないメンバーも、何度か顔を合わせたことがあるが、やはり全体的に質が高い。

　あ、これは容姿だけの話じゃないぞ？

　もちろんみんな美人で可愛いんだが、その戦闘力も非常に高いのだ。

「だからこそ、まだ希望はある。このチャンス、必ずやものにしてみせる！　我が夢のために！」

「そ、そうか……まぁ頑張ってくれ」

　我が夢ってどんな夢なんだろうか？

　カイザーのことだから美人とお付き合いするとか、そんなところか？

　まぁどちらにせよ、俺には縁のない話だが……

「二人とも、どうされたのですか？　予約している遊覧馬車がもう来るので、早く行きますよ～」

「「あ、はい！」」

　エリーの声に、置いていかれかけていた俺たちは慌ててついていく。

　その後俺たちは、遊覧馬車に乗って街内を移動した。

　進んでいくにつれて、さっきまでの活気が嘘みたいに、静けさ極まる住宅街へと入っていく。

　エリーの言う通り、馬車を使って大体三十分程度で目的地に到着することができた。

「着きました。ここです」

「こ、ここが……」

【聖光白夜《ルークス・ホーリーホワイト》】のギルドハウス……」

馬車から降りて目の前に見えたのは、一瞬目を疑うほど豪勢な佇まいの大豪邸だった。

街の外れにあり、見たところ周りも豪勢な建物ばかり。

所謂《いわゆる》、一等住宅地のようで、その中央部にあるのが我がパーティのギルドハウスだった。

まぁ、パーティのレベル的に、これくらいの大豪邸を与えられていてもおかしくはないんだが……それでも非現実的に感じてしまった。

「早速、中に入りましょう。みんな待ってるから」

エリーの先導で豪邸に入っていくと、これまた現実離れした空間が目に入ってきた。

「うおっ！　おい見てみろマルク！　でっけぇ庭があるぞ！」

「そうだな」

「うおっ！　おい見てみろマルク！　でっけぇ池にでっけぇ鯉《こい》がいるぞ！」

「ああ」

「うおっ！　おい見てみろマル――」

「一旦落ち着け!?」

興奮するカイザーを全力で止める。

そうなるのも無理はないが、限度というものがある。

あまり騒ぐと迷惑になるしな。

「興奮しすぎだって……」

「す、すまん」

気持ちは分かる。俺も今、必死にその想いを抑えているんだ。

にしても、こんなところを拠点として使えるなんて夢のような話である。

【黒鉄闇夜《ブラリオン・ダークネス》】のギルドハウスはここまで豪勢ではなかった。中流貴族が住んでそうな、ちょっと大きめの屋敷って感じだ。

でもここはもうそんなレベルではない。

まさに【聖光白夜《ルークス・ホーリーホワイト》】が積み上げてきた功績を形にしたような感じだ。

一言で纏めれば、普通の人なら到底住むことができないような大豪邸。

部屋がいくつもあるのはもちろん、庭や池、プールやその他諸々のレジャー施設が備わっている。

もはや豪邸どころか、一種の娯楽施設と言えるだろう。

とにかく常人の思考では収まりきらないほど、とだけ言っておこう。

「こっちよ」

俺たちはエリーの案内でリビングルームへとやってきた。

すると——

「お、カイザーとマルクだ！」

「待ってたぜ、二人とも！」

リビングに足を踏み入れると、早速パーティメンバーが迎えてくれた。

クレアさんやルイス、それ以外にも以前からの顔見知りが数人いる。

ここにいるのはパーティメンバー全員だろうか？

広いリビングの半分が埋まるくらいの大人数だ。

「みんな、集まって！」

エリーが号令をかけると、メンバーたちは彼女の前に集まる。

「みんなは既に知っているかもしれないけど、この度、新たなメンバーが加わったわ。カイザーくんとマルククんよ。これから我がパーティの一員として、共に手を取り合い、頑張っていきましょう……それでは二人とも、自己紹介をお願い」

俺たちは一歩前に出て、各々自己紹介を済ませる。

それからしばらくの間、メンバーたちと歓談を楽しんだ。

ちなみにパーティ内での上下関係は一切なしで、年上年下経歴関係なしに接するとのこと。

これはエリーが決めたそうで、パーティ内にある唯一のルールらしい。

「二人とも、少しいい？」

歓談を楽しんでいる中、突然エリーから声掛けがあった。

「どうしたんだ、エリー？」

「ついてきて」

エリーはそれだけ言って、スタスタと歩いていってしまった。

「おいマルク。どこに行くんだ？」

「さぁ……？」

疑問を抱きつつ、案内されたのはバカ広い会議室だった。

中に入ると、五人の人間が俺たちを待っていた。

前にスカウトされた時に顔を合わせたエリー以外の三人と、二人の初見メンバー。

初めて見たメンバーのうち、一人はとんでもない巨漢で、もう一人は長い黒髪に、見たことのない服を身に纏った美少女だ。

おそらく、彼らが【聖光白夜《ルークス・ホーリーホワイト》】の幹部なのだろう。

「みんな、これから〝アレ〟やるわよ！」

エリーがそう言えば、幹部たちはニヤリと笑みを浮かべる。

そしてエリーの前に集結すると、何やら緊迫した空気が空間全体を支配した。

「久しぶりだな。アレをやるのは……」

「腕がなりますね！」

「今度は負けんぞ！」

口々に気合いを表明するパーティ幹部たち。

どうやら、何かが始まるようだ。

底知れぬ謎の緊迫感がこの場を覆い尽くす。

「な、何が始まるんだ？　〝アレ〟ってなんだ？」

「分からない。でも……」

何か大きなことが始まろうとしているのかもしれない。

全員の真剣な表情を見たら、何となくそう思った。

「で、エレノア。今回はどうするんだ？」

「うーん。久しぶりにみんなでテーブルゲームでもやる？」

「お、いいですね。賛成です」

「次は負けねぇぞ！」

何だか盛り上がっている幹部メンバーたち。

あまりの温度差についていけないので、たまらず聞いてみることにした。

「なぁエリー。今から一体、何が始まるんだ？」

「……勝負《バトル》よ」

「バトル……？　何の？」

そう聞く俺に、エリーはニヤッと笑う。

「自分の率いる部隊の部隊員を決めるための勝負。一言で言うなら、新規メンバーの取り合い合戦よ！」

誇らしげにそう言い放った。

それから詳細に話を聞いたところ、【聖光白夜《ルークス・ホーリーホワイト》】では六人の幹部メンバーを筆頭に、部隊というものを組んでいるらしい。

そして普段の依頼なども、遠征以外は部隊ごとでの行動になるんだそうだ。

大人数のパーティだからこそ、その方が纏めやすいのだろう。

流石のエリーでも、一人でパーティを纏めきるのは不可能ってわけだな。

で、今から行われるのは誰をどこの部隊に所属させるかを決める戦い。

最初は話し合いで決めていたようだが、中々決まらなかったとのことで、いつの間にかこういう形になっていたらしい。

今ではパーティ内の一つの伝統として残っているのだそうだ。

それにしても……

「勢いがすごいな、みんな……」

人は最高の財産。

これはパーティ内での共通認識としてあり、人材を何よりも大事にしている。

それに部隊の人数が増えると予算が増えるなど、色々とメリットもあるのだそうだ。

だからみんな部隊員集めに必死になっているというわけだ。

「んじゃ、勝負内容はテーブルゲームってことで。みんないいかな？」

「「「「ＯＫ！」」」」

どうやら勝負内容が決まったらしい。

すると、みんなぞろぞろとリビングの方へと戻っていった。

「あれ、ここでやるんじゃないのか？」

「ううん。今からリビングでテーブルゲーム大会を開くの。パーティメンバー全員でね」

「え、全員って……」

「そう。いつものことなんだけど、この取り決めはメンバー参加型のイベントなの。もちろん、参加の可否は自由だけどね」

「は、はぁ……」

想像もつかなかった答えに、俺はそう返すことしかできない。

「二人も希望の部隊があるのであれば、その部隊の一員として参加できるわ。よければ、一緒に楽しみましょ」

そういうとエリーも部屋を出て、リビングの方へと歩いていった。

……ここに来た意味はあったんだろうか？　なんて思っていると、カイザーが声をかけてくる。

「なんか、すげぇことになったな、マルク」

「あ、ああ……だな」

「でも部隊か……俺たちも参加していいって言ってたけど、勝たないと入れないんだよな？」

「それは分からないけど……お前は希望する部隊があるのか？」

俺の問いかけに、カイザーは目を光らせる。

「もちろん！　俺はクレアさんの部隊に入りたい！　いや、絶対に入る！」

ああ、そういやカイザーはクレアさんを狙《ねら》っていたんだっけ。

まぁ、自分を推薦してくれた人の部隊に入りたいと思うのは自然の成り行きだと思うけど。

するとカイザーが尋ね返してきた。

「お前はどうするんだ？　あ、聞く必要もないか」

「なんで？」

「どうせお前はエレノアさんの部隊をご希望だろ？　分かってるぜ、言わなくても」

さも知ってますよと言わんばかりにポンポンと肩を叩いてくる。

まぁ、理想を語るならその通りだが。

「そうなればいいなとは思っているよ。でも俺はどこの部隊でもいいかな。まず選べるような立場でもないし」

他の部隊の所属になっても、このパーティはいい人揃いだから特に問題が起こることもないだろうし。

一応エリーの部隊を希望しているってだけで。

「ま、俺は絶対にクレアさんの部隊に入りたいからテーブルゲーム大会に参加するけどな。絶対に勝ってクレアさんと共に人生のヴァージンロードを……」

「お前、もうそこまで考えてるのかよ……」

我が友人ながら、末恐ろしい奴だ。

他人の人生なんで、あえて何も言わなかったけど……

「よっしゃ！　そう思うと、なんか気合い入ってきたぜ！　マルク、俺たちも行くぞ！」

「えっ、お、おいカイザー！」

勢いのままに。

俺は無理矢理カイザーに手を引っ張られ、リビングへと向かうのだった。

「さぁ～、みんな～！　これより、部隊新入メンバーを懸けてのゲーム大会を始めるよ～～～！」

「「「「うぉぉぉぉぉぉぉぉぉぉぉぉぉぉ!!」」」」

エリーのそんな声から始まったテーブルゲーム大会。

遊びとはいえ、みんな真剣な表情でテーブルゲームに没頭《ぼっとう》している。

「みんなノリノリだなぁ……」

本来、ここまでバチバチになってやる遊びじゃないはずなんだが……どうやら部隊員を決める行事というのはパーティにとって重要なものらしい。

ちなみに、俺は参加するのはやめておいた。

カイザーにしつこく参加を迫られたけど、こういうのは静観している方が好きなのだ。

なんかこう、人が笑っている姿を見ていると和《なご》むんだ。

「こんにちは、貴方がマルクさんですね？」

テーブルゲーム大会を見ている中、俺の方に近づいてくる人物がいた。

「は、はい？」

振り返ると、そこには黒いストレートヘアに紅の瞳が美しい、妙な服を着た美少女が立っていた。

この人……確かさっきの部屋にいた人だ。

俺の知らない幹部のうちの一人。

名前はまだ知らないけど……

「え、えっと……」

「あっ、申し遅れました。私、このパーティで経理と運営を任されております、ハクア・リーフェルと申します。まだご挨拶が済んでいませんでしたので、こうして声をかけさせていただきました。これからどうぞよろしくお願いいたします」

「ご丁寧にありがとうございます。こちらこそよろしくお願いします、ハクアさん」

「ハクアで結構ですよ。歳も近いですし、敬語で話さなくても大丈夫です」

「分かった。じゃあ俺のこともマルクって呼んでほしい」

「分かりました。次からはそう呼ばせていただきますね」

礼儀正しい子だ。

いい家のご出身なのかな？

なんか色々と、無駄がない。

それに、動きに合わせて揺れる服も、何だか上品な感じがした。

「えっと……ハクアさ……じゃなくてハクアはこのパーティの幹部だよね？」

「はい。一応経理部門の管理者ということで、ありがたいことに重役を任されています。でもどうしてそんなことを？」

「さっきあの部屋で見かけたからさ。一応聞いてみようと思って」

「なるほど、そういうことでしたか」

それからしばらくの間、俺はハクアと歓談した。

どうやら彼女は幹部の中では、ルイスさんの次に経歴が浅いらしく、加入してからはだ半年も経っていないとのこと。

経理の前任者が、冒険者を辞めると同時にパーティから脱退したことで、当時まだ新人だった彼女が抜擢《ばってき》され、今に至るというわけだ。

能力さえあれば経歴なんて関係ない。

前にエリーがそう言っていたから、本当のことなんだろう。

「ハクアは大会には参加しないの？」

「はい、部下に任せてきました。私はやるより見ている方が好きなので。こう、人の楽しんでいる姿を見ると嬉しくなるんです。マルクさんこそ、参加されないのですか？」

「実は俺も同じような感じで、見ている方が楽しいというか。人の笑顔を見ると和むんだ」

「そうなんですか！　じゃあ私たち、似たもの同士ですね。うふふっ」

イメージと反して可愛らしい笑みを浮かべる。

何だろう。

言葉で言い表すのは難しいけど、エリーとは違った可愛さがある子だ。

一見クールそうに見えるけど、時折見せる笑顔にギャップを感じるというか……

抽象的な表現だが、美女と美少女の中間って感じの人だ。

「あの、マルク。もしよろしければ、今から私と邸内を巡りませんか？　案内も兼ねて」

「い、いいの？」

「もちろんです。私は経理の他にも設備保全やその他管理なども任されていますので、邸内のことなら何でも存じています。これから使う施設を知るためにも、どうでしょうか？」

「じゃあお願いしようかな。正直、この豪邸って広すぎて迷いそうだから、自分の足で巡るのにはちょっと躊躇してたんだよね」

あとで豪邸内を散策しようと思っていたから、誘ってくれたのは非常に助かる。

これから使うだろう施設も知っておかないといけないから、いい勉強の機会だ。

「ふふっ、そう言っていただけると嬉しいです。では早速参りましょうか」

ハクアは軽く微笑むと、スタスタと先を歩いていく。

「まずこちらが当ギルドハウス自慢の中庭です。吹き抜けになっているので、天気がいい時はとても心地よい風が入ってきますよ」

「ほぅ……」

まずやってきたのは、ギルドハウスのちょうど中央に位置する中庭だった。

「すごい中庭だね。なんか、ここだけ別次元の世界みたいだ」

「エレノアさん曰く、専任の庭師に作ってもらったって話ですよ。その庭師は何でも異世界から来たらしくて〝ニホンテイエン〟っていうらしいです……実は私が着ている服も、その庭師に教えてもらった、そちらの世界の服らしいですよ」

「異世界人か……」

噂には聞いたことがあるが、本当にいるんだな。

本当に別の次元から来た人が。

普通じゃ考えられない話だけど、この庭を見れば、次元が違うってことが俺でも何となく分かる。

「前にエレノアさんが、ギルドハウス内で一番好きな場所だって言ってました。私もここが一番大好きな場所です。ここに来ると、なんか癒されるんですよね～。こう、心が研ぎ澄まされる感じがして」

「確かに文化を感じられる場所だね。新鮮な気分になれるよ」

「ですよね～！」

まさかの庭の話題で大盛り上がり。

この庭が特殊だったというのもあるけど、一番驚いたのはハクアの方だ。

最初は無口でクールな人なのかな？　という印象があったが、たくさん話してくれる。

笑顔もさっきよりも格段に増えたし、リラックスしている時はいつもこんな感じなんだろうか？

人は見かけによらないな、ホント。

「では、次に行きましょ！」

「う、うん……」

次にハクアが案内してくれたのは、ギルドハウス内の一番奥の方にある巨大バルコニーだった。

「おぉ……これは！」

すごい景色だ。

ここに立っているだけで、リールの街の中心部を一望できる。

普通の家のバルコニーとは異なり、かなり広々としている。

ここで夜にバーベキューとかやった日にはもう、最高の時間になるだろう。

「いい景色ですよね～。ちなみに夜は、もうとんでもないことになりますよ！」

「だろうね……」

セレブの人っていつもこんな景色を眺めているのか……

正直、庶民の俺には想像もできなかった世界だ。

「ここではよくバーベキュー大会が開かれるんですよ。大きな依頼を達成した夜とかは、必ずと言っていいほどやってます」

「そうなんだ」

そりゃそうだよな。こんな最高の場所があるのに使わない手はない。

それから俺は、ハクアと共にギルドハウス内の様々なところを巡った。

どれもこれも普通じゃ考えらないような施設が備わっており、見ているだけでも頭が混乱してくる。

冷静に考えてみると、常軌《じょうき》を逸した環境だよな……

ギルドハウスはギルドから支給されるものだから、こんな素晴らしい環境を与えられるってことは、実績があるだけじゃなくて、相当信頼されていると推測できる。

ちなみに、こうした豪邸を持っているパーティは他にもあるらしい。

それを聞くと、【黒鉄闇夜《ブラリオン・ダークネス》】も実績だけなら、これくらいの豪邸が貰えていてもおかしくない気がするんだが……

あ、信頼の差か。

すぐにそう悟ってしまった。

そもそもリーダーがあのリナだからなぁ……過去に何度かギルドに無茶を言ったこともあるらしいし。

ま、今となってはどうでもいい話だ。

ギルドハウス内を案内してもらっていた最中、俺は一つ気になる部屋を見つけた。

その部屋の扉は、他の部屋と比べてひと際目立つ塗装がされていたのだ。

「えっと、じゃあ次は――」

「ねぇハクア」

「はい？」

「この部屋って何があるの？」

気になったので聞いてみると、するとハクアの表情が一変する。

「あ、あの……そこは……」

なんだか言いにくい様子だ。

もしかして触れてはいけないものに触れてしまったのか？

「え、えっと……やっぱり何でもないです。先に行きましょ――」

詮索《せんさく》するのはまずいかなと思い、その場から離れようとした時だ。

扉が勝手に開いた。

どうやら自動ドアになっていたらしく、俺が動いた時に反応してしまったみたいだ。

「あ、えっと……これは……！」

少しパニックになっていた俺は先を急ごうとする。

が、一瞬だけ部屋の方を見た瞬間、俺の視界に予想もしなかった景色が入ってきた。

「こ、これは……武器？」

その部屋にあったのは、大量の武器や防具だった。

全部に目が届かないほどとてつもなく広い空間がドアの先にあり、思わず足を踏み入れてしまう。

「ハクア、ここって……」

「ギルド共用の武器庫です。一応幹部たちと、ここの管理を任されているメンバー以外、立ち入り禁止なんですが……」

「ご、ごめん。勝手に入っちゃって……」

慌てて扉の方まで戻るが、ハクアは苦笑を浮かべた。

「いえ。今回は特別ってことにしておきますので、大丈夫ですよ。まぁ、立ち入り禁止なのは危険性を考慮してのことですので、注意さえしてもらえれば、中を見てもらって結構です」

「本当!? じゃあ少しだけいいかな？」

「いいですよ」

というわけで、俺はハクアに許可を貰って部屋に入れることになった。

部屋の中は少し天井が高くなっており、鉄製の棚には武器や防具が丁寧に並べられていた。

まさに名の通り、武器庫というに相応《ふさわ》しい空間だ。

「ここでは武器の保管を？」

「それも用途の一つですが、その他にも、各メンバーの武具の点検なども行っています」

「点検？」

「メンバーから聞いておいた情報をもとに、管理担当のメンバーが点検するんです。問題があれば買い替えを提案し、メンバーの許可があれば委託業務としてそれを行います。もちろん、武具の管理は自分でしたいという人もいるので、全員が武器庫《ここ》を使っているわけではありませんが……」

なるほど。そんなことまでやっているのか。

「効率を考えての運用……ってわけか」

「そうなりますね。武具の管理は面倒ですから。時間を有効活用するために、というのがこういう場を設けた理由ですね」

とんでもないな、このパーティは。

もうなんか次元が違いすぎて、いよいよついていけなくなってきた。

「あれ、もう一つ扉が……」

更に奥へと進んでいくと、もう一つ扉があった。

入り口の扉と似たような見た目だが、色合いが違った。

さっきは青だったけど、今度は緑の扉だ。

「ハクア、あの扉の向こうには何があるんだ？」

「あっ、そっちは素材庫兼食料庫になっています」

「素材庫って？」

「依頼で持ち帰ってきた素材を保管しておくための部屋です。武具生成用の素材から換金用の素材まで、いっぱいありますよ。中には希少鉱石《レアメタル》とか、特定の地域でしか採取できない素材とかもあります」

「マジか。めっちゃ気になるな……」

武器も驚いたが、正直こっちの方がすごい気になる。

これだけデカいパーティなんだ、お宝の一つや二つくらい眠っているに違いない。

そんな俺の思考を呼んだのか、ハクアが尋ねてくる。

「入りたいんですか？」

「い、いや……」

入りたいです、本音は。

でもこれ以上、パーティの深層に踏み込むのは……

「はぁ……仕方ないですね」

「い、いいの!?」

「今日は特別ですよ？」

「よっしゃあっ！」

許可が貰えたということで、早速奥の扉の方へと歩いていく。

「……ま、そっちの方が都合がいいので、むしろ結果オーライですが」

「ん、何か言ったかハクア？」

「い、いえ！　何でもないです！　あ、一応ここから先は魔力認証が必要なので私がやりますね」

そういうと、ハクアは扉のすぐ横にある魔力を流すためのパネルに手を当てた。

「今思ったんだけど、武器庫に入るための魔力認証は必要ないの？」

「本当は必要なんですが、ロックが解除されていたみたいなんです。なので、後で管理者には一喝《いっかつ》しておかないといけませんね」

普通にロックのし忘れだったらしい。

立ち入り禁止ゾーンなのに何のセキュリティもないのは不自然だなと思っていたので、これでスッキリした……後でハクアに一喝されるであろう管理者さんは気の毒だけど。

「開きましたよ。あ、一応念のため、私が指示する範囲内での閲覧《えつらん》でお願いしますね」

「分かった」

認証が終わると、扉が重々しい音を立てながら開いていく。

扉を潜れば、これまたとんでもなく広い空間が視界に入ってきた。

置いてある品々も雰囲気が変わり、さっきとは違う空気感に切り替わる。

「すっげぇ～～！　なにこの綺麗な鱗《うろこ》は！」

「それは氷竜の鱗ですね。前に氷竜の討伐依頼を受けた際に入手したものです」

「竜って……あのドラゴンを狩ったのか？」

「ええ。流石にあの時は全部隊で行きましたけどね」

所属人数が数百を超える巨大パーティでも、竜討伐は困難だと前に聞いたことがあるけど、ここはもうそこまで至っているのか。

人数的にはその半分くらいしかいないのに。

そう思うと、このパーティに所属している一人一人の能力がいかに高いかが分かる。

「あ、これってもしかしてスカルクリスタル!?」

「よくご存じで。その通りです」

「前に図鑑で見たことがあったから……というか、まさかこの棚にある鉱石って、全部希少鉱石《レアメタル》なのか？」

俺の質問に、ハクアは頷く。

「おっしゃる通りです。そこの棚にあるのは全て入手困難な希少鉱石《レアメタル》ですね。あ、触れちゃダメですよ。厳重保管のために外的ショックを与える特殊な結界が施されていますので」

「うわっ、マジか!?」

ちょっと触ってみたいなと思っていたから危なかった。

まぁ、普通に考えればそりゃそうだよな。こんな大量の希少鉱石《レアメタル》、奪われでもしたら大変なこと

になる。

でも、ここにあるやつを全部換金したらいくらになるんだろう。

多分、十年以上は遊んでくらせるほどのお金になるんじゃなかろうか。

なんて、そんな汚い考えが浮かんでくる。

奥の方に行くと、そこは食料庫になっていた。

肉、魚、野菜と食材ごとに分類されており、要冷蔵のものを保管するための巨大冷蔵庫まで置いてある。聞けば、専属の食品衛生管理者がいるらしく、その人たちが毎日食材の衛生チェックをするのだとか。

もう色々と凄すぎてヤバイ。

「ちなみに、ここにあるような食料等の日用品への出資や、それを手に入れるための経費などは私が全て管理しています」

「管理って……これを全部!?」

「もちろんです。いつどこで何を買ったか、全て覚えていますよ」

「マジか……」

この膨大な数の日用品を全て記憶しているだと？　バケモノにもほどがある。

「すごいな……」

「うふふ、お褒めいただきありがとうございます」

ちなみに、冷蔵庫なんかの設備類はギルドから支給されないらしいので、エリーが自分の家の伝手で業者を呼んで、ハクアの交渉で安く手に入れたらしい。

そういえば、エリーって貴族家の令嬢だったっけ。

そう考えると、これだけの設備環境を整えられるのも納得である。

それからぐるっと一通り見たところで、そろそろ出ようかと思った時だ。

「あれ、ハクア？」

いつの間にかハクアの姿が消えていた。

さっきまですぐ近くにいたはずなのに……

「ハクアー？　どこに行ったんだー？」

少し声を張り上げ、名を呼ぶ。

広いながらも密閉された空間なためか、音が反響して聞こえてくる。

「おかしいな。一体どこに……」

もしかしたら、入り口の方に行ったのかと思い、そちら向かおうとした——その瞬間。

「うふふっ、完全に捕らえましたよ～」

「……!?」

突然何者かに背後に立たれる。

途端に、謎の気迫が背中から一気に押し寄せてきた。

「は、ハクア？　ハクアなのか？」

「そうですよ～、ふふふっ」

振り返ると確かにそこにハクアがいた。

だが……何かが変だぞ？

変……というのはあくまで感覚的なもの。

話し方や声とかはさっきまでのハクアと同じだ。

でも何だろう、この感じは……

何か、嫌な予感がする。

「は、ハクア。どうしたんだ？」

「どうしたといいますと？」

「いや、それは……」

言葉では説明できない……とは言えない。

でも、何かがおかしいということは分かる。

雰囲気というか、何か重要な要素が変わったような。

「そ、そろそろ戻ろうか。少し長居しすぎちゃったし」

少し慌て気味に歩き出そうとするが――

「うふっ……逃がしませんよ」

パチンと指を鳴らす音を聞いた途端に、身体が言うことを聞かなくなる。

その瞬間、背後からギュッとハクアが抱きしめてきた。

「は、ハクア!?　一体何を……！」

「別に～、何でもないですよ～」

「いやいや、何でもないわけないでしょ、この状況」

俺はすぐさま離れようと試みるが、完全に固定されてビクともしなかった。

「まぁまぁ、落ち着いてください」

ハクアは俺を抱きしめたままで一向に動く気配がなく、そんな余裕の言葉をかけてくる。

俺の脳内は軽いパニック状態に陥《おちい》っていた。

「い、一体、何の真似だ？　なんの目的で……」

「目的なんてないですよ、別に」

「じゃあなんでこんなことを……」

「う～ん、何となく？」

「何となくで男に抱きつくやつがいるか！」

というか……この子、見た目に反して力が強い！

しかも、拘束の仕方が普通ではなかった。

関節を抑えられているせいで身体が動かしにくく、男の俺がどんなに頑張っても全く動じないほどだ。

おまけにさっきから背中に当たっている柔らかな感触。

これはもう見なくても分かるものだが、下手な思考はしたくないのであえて何も考えずにいた。

「くそっ、ビクともしない……」

「無駄ですよ。私のホールドにプラスして、軽い束縛魔法をかけてますから」

「束縛魔法？」

ああ、さっき指を鳴らす音が聞こえた後に身体が動かなくなったのはそのせいか。

身体が動かしにくいのも、その魔法のせいだな。

……いや、今はそんなことなどどうでもいい！

「ハ、ハクア、お願いだからそこをどいてくれないか？」

突然のことと異性への耐性がないせいで、俺の脳内はパンク寸前だった。

これ以上迫られると、理性を抑えられるかという問題になってくる。

それだけは避けないといけない。

「え～、でもこれからがお楽しみなんですよ？」

「お、お楽しみ？」

「はい。まぁ具体的に言うと、こういうことです！」

俺の目の前に回り込んできた彼女は、「うふふ」と妖艶《ようえん》な笑みを浮かべながら、自分の服を一枚一枚脱いでいく。

「ちょっ、一体何を……！」

ハクアの突発的な行動によって、俺の理性のネジが段々と緩まっていく。

次に何が起こるのか、色々な予想が次々と浮かんでくる中、彼女は最後の一枚となった布切れをゆっくりとずらしていく。

「ちょっと味見をするだけですから、心配しないでください」

誘惑するような甘い声で、よく分からない言葉を並べるハクア。

そして最後の砦《とりで》であった布を脱ぎ去ると、その絹《きぬ》のような白い肌を見せてきた。

「は、ハクア……っ！」

「ふふっ、別に痛いことはしないから大丈夫ですよ。だから、安心して私に身を捧《ささ》げてくれればいいのです」

「み、身を捧げるっ⁉」

「そう。マルクは無駄な力を抜いて、リラックスしてくれるだけで十分です」

そう言いながら、ハクアは俺の胸元を優しく撫でてくる。

手慣れた手つき。

手慣れた対応。

根拠はないが、多分これは彼女にとっては初めてではない。

何人もの男を相手にしてきたような、そんな感覚を抱いた。

「ぐへへぇ～おいしそ……じゃなくて、大人しくしていてくださいね」

ハクアの表情に段々と卑猥《ひわい》さが滲んでくる。

しかも一言だけおかしなこと言ってなかったか、キミ⁉

俺はどうやら食べられてしまうらしい。

もうここまで来たら無理なのか……？

とはいえ、俺には抵抗する術《すべ》がない。

くっ……もう、ダメか……

俺はこんな形で初めてを……

そう、諦めかけていた――その時だった。

「そこまでにしておきなさい、ハクア！」

どこからか声が響いてくる。

聞き慣れた声だ。

ハクアはこの声を聞くなり、俺の元からスッと離れる。

「あ〜あ、見つかっちゃいましたかぁ……」

そしてため息をつきながら、残念そうにそう口にして、ある方向へと目線を向けた。

俺もそれにつられ同じ方を見ると、そこにあったのは……

「相変わらずね、貴女は……」

腕を組んでじっとこちらを見つめるエリーの姿だった。

「え、エリー！」

救世主はツカツカと歩いてきて、ため息をついた。

「ほら、そこをどきなさいハクア。マルくんが困っているじゃない」

「えぇ〜〜、せっかく今からいいところだったのにぃ……」

駄々をこね始めるハクアに、エリーはまたもため息をつく。

「こんなことだろうと思ったわ。突然、貴女とマルくんが消えるんだもの」

エリーには何があったのか分かっていたようで、ハクアはむっと顔をしかめた。

「なぜここが分かったんです？」

「あれよ」

そう言うと、エリーは天井をなぞって端《はし》の方を指さした。

そこを見てみれば、小さいが、魔道具のようなものが設置されていた。

おそらく防犯・監視用の魔道具だろう。

「あっ、いつの間にあんなところに……」

「最近は物騒な事件が増えているから設置したのよ。一応セキュリティは万全のつもりだけど、念には念をということでね」

「ぐぬぬっ……せっかく事前に分かっていたカメラには映らない場所まで彼を誘導《ゆうどう》したのに……」

悔しそうに歯ぎしりするハクア。

ていうか俺、誘導されてたの⁉

可愛い面《つら》してなんと恐ろしい人なんだ、この人……

「ねぇハクア。気持ちは分かるけど、いい加減人を試すようなことをするのは止めたら？」

「何故ですか！　これはパーティの安全を守るためにやっていることなんですよ？」

「でも限度があるでしょ？　やり方が大胆なのよ、貴女は」

「そうでもしないと粗を引き出せないじゃないですか。私は、このパーティを安全かつ健全に管理運営するという責務を背負っています。秩序《ちつじょ》を乱すような人は、たとえエレノアさんが認めても私は断固拒否です！」

なんだ、俺は試されていただけだったのか。

純粋に痴女《ちじょ》なのかと思っていたけど、明確な理由があって安心した。

……ってことつまり、さっきの行為は別に彼女の意思ではないということか。

それを知ると、ちょっと残念に思ったり思わなかったり……

いやいや、そんなことはどうでもよくて。

ハクアがそんなにエリーのパーティを大事に思っていることに、少し嬉しくなってしまう。

……まぁ、とはいえエリーの言う通りやりすぎだと俺も思うが。

「でもそれはそれとして、もう一つ目的があったんでしょ？」

「うっ……それは！」

エリーが指摘すると、ハクアの表情に焦りが出てくる。

ハクアはちらっと俺を見てから、再びエリーに目を向け、顔を少し赤らめた。

「だ、だって、美味しそうなモノを持っていそうな雰囲気がぷんぷんするから……」

「……おい、しそう？」

やはりさっきのは聞き間違いではなかったのか。

ハクアは確かに俺を見て『美味しそう』だといった。

そしてさっきから俺の方に熱い視線を寄せている。

この子、まさか人を食……

「それでもだめよ。それに一週間前に一か月分を用意したばかりじゃない」

「でもあれは純粋な血じゃないでしょ？　あればかりじゃ、流石に飽きてくるのです」

純粋な血……？

はて、俺は今なんの話を聞いているのだろうか。

当たり前のように飛び交う非現実的な会話に頭を悩ませていると、エリーが俺の様子に気付いた。

「ああ、マルくんにはまだ言ってなかったけど、彼女、吸血鬼の血が入ってるのよ」

「きゅ、吸血鬼!?」

「うん。しかも貴族級の半血種。神話の頃の大戦から続く一族の末裔《まつえい》なの」

「マジか……」

吸血鬼なんて、本の中の世界でしか聞いたことがない。

人界と魔界で壮絶な戦争を繰り広げていたという、はるか昔の大戦の頃にはそういった種族もいたみたいだが、現代人からしたら都市伝説だ。

歴史上では、その大戦で吸血鬼と呼ばれる種族はほとんど滅んだとされているから、彼女はその生き残りの末裔というわけだ。

「なんか、凄いこと聞いちゃったな」

「あまり周りには言わないようにね。吸血鬼一族の高貴な家系の末裔なんていう特異な存在がこんなところにいるって知られたら、色々と面倒な問題が出てくるから」

「それはいいけど……俺に言っても良かったのか？」

俺がそう問うと、ハクアが答えた。

「私は問題ないですよ。ただその代わりに、血をちょ〜〜〜っとだけ恵んでいただければ――」

「ハクア！」

「うっ、すみません……」

圧で押さえつけられるハクアに、またもため息をつくエリー。

エリーのため息、今日これで何回目だろう……

「とにかく、貴女はもう戻りなさい。ここからはわたしが案内するから」

「わ、分かりました……」

ハクアは少ししょんぼりとしながら、脱いだ服をささっと手に取り、再び身に着けた。

そして、ツカツカと俺の元に歩み寄ってきて、申し訳なさそうな表情で頭を下げる。

「あ、あの……さっきはいきなりあんなことをしてしまってごめんなさい。私はこれで失礼します」

だがすぐに顔を上げると、ふふっと再び笑みを見せ……

「マルクさん、いつか貴方の血、いただきますからね。あと、さっきはあんなことしましたけど、私はまだ処女ですからね」

「しょっ……!?」

去り際に耳打ちして、歩き去っていった。

最後の情報はどう考えてもいらないだろう。まぁ、あれでそういう経験がないっていうのには驚いたけど……

「調子狂うな……」

どうもさっきとのギャップがありすぎて、人物像が定まらない。

あの手慣れた感じを思い出すだけで……

いや、ダメだダメだ！　変に意識すると……

「……マルく～ん？　なんか顔がいやらしくなってるけど～？」

「えっ、いや！　それは……っ！」

「む～～～っ……」

怪しいと思ったのか、エリーは頬を膨らませている。

可愛い。

しかし、エリーの察知能力の鋭さには驚きだ。

確かに一瞬、ハクアの仕草にドキッとしてしまったのは否めないけど、それを見抜くなんてな。

それにしても、最後の耳打ちは、人によっては致命傷レベルの攻撃だった。

だが、それは仕方のないこと。

自慢じゃないが、俺は異性に対する免疫《めんえき》があまりない。

彼女いない歴＝年齢の猛者《もさ》だからな。

そういうのに弱いのは、至極《しごく》当然のことなのだ。

それがあんな美人から迫られたら、たまったもんじゃない。

世の男にしてみれば羨ましいことなんだろうけど、俺には刺激が強すぎた。

そんな誰に向けたでもない言い訳を脳内でしていると、エリーがホッとした様子を見せていた。

「ま、でもいいわ。マルくんを魔女の手から守ることができたし」

「魔女って……でも助かったよ。ありがとうな、助けてくれて」

「気にしないで。彼女、少し歪んだ真面目さがあるけど、悪い子じゃないの。だから……」

「分かってる。理由も聞けたし、悪いようには思ってないから」

目をつけられた……という点では少し面倒なことにはなったけど。

あの様子だと、今後も狙ってくるだろうな。

俺……ではなく、厳密には俺の血だけど。

「ところで、エリー。例の大会はどうなったんだ？」

「もう終わったよ。部隊編成も済ませたわ」

「おお！　そ、それで……俺は誰の部隊に？」

「わたしよ」

「……え？」

俺が聞き返すと、彼女は誇らしげにする。

「わたしよ。今日からマルくんはわたしが指揮する部隊の配属になったわ」

自分を指さしながら、にこやかな笑顔を見せてエリーはそう言ったのだった。

無事に配属が決まったということで、俺はエリーと共に元いた部屋に戻ると、部隊の皆に挨拶してから、バルコニーに出て休憩していた。

そして、俺と同じく部隊のメンバーへの挨拶を済ませたカイザーもやってきたのだが……

「うおぉぉぉぉぉ！　何故だ！　何故こんなことに……！」

突然、頭を抱えながら叫び出した。

「お、おい……いきなりどうしたんだ？」

「どうもこうもあるか！　お前、俺が配属になった部隊を知っているか？」

「確かレックスさんの部隊だったよな？　それがどうしたんだ？」

「何でお前は希望の部隊に入れて、俺は入れないんだ！」

「あ、ああ……」

そう嘆くカイザー。

そういえば、クレアさんの部隊がいいって言ってたもんな。

気の毒ではあるけど、これぱっかりは仕方ない気がする。

レックスさんというのは、ハクアと同じく今日初対面の幹部で、大柄で強靭《きょうじん》な肉体を持った人だ。何でも筋肉が大好きでアクティブな人らしく、日課の筋トレは欠かさずに行っているとのことだ。

「でもまぁ、これも正当な勝負で決まったことだから別にいいけどよ。問題はそこじゃなくてな」

「問題？　なんの？」

カイザーの言葉に、俺は首を捻《ひね》る。

「さっき部隊ごとに集まって会議があっただろ？」

「う、うん」

「その時に言われたんだ。『俺の部隊に入ったからには強靭な肉体を手に入れ、パワフルさでパーティに貢献しないといけない。よって部隊員には朝と夜に筋トレを課す！』とな……」

「そ、それってつまり……毎日決まった時間に筋トレをしないといけないってことか？」

「そうだよ！　レックスさんの熱血指導付きでな！　しかもパーティメンバー全員男なんだぞ⁉　みんなマッチョばっかりで俺だけ浮いてたわ！」

ああ、それは本当に気の毒に……

憐《あわ》れんではいけない、そう思ってもこればかりはご愁傷《しゅうしょう》さまと言わざるを得ない。

思い出してみると、レックスさんの部隊だけ異様な雰囲気が漂っていたもんな。

なんか軍隊みたいな。

「はぁ……せっかくの俺のヴァージンロードが……男だらけのむさ苦しい地獄世界《ヘル・ワールド》に変わってしまった……」

涙目で茫然《ぼうぜん》とするカイザー。

というか、ヴァージンロードの件は本気だったのか……

「ま、まぁそう気を落とすなよ。レックスさんはすごく優しい人だって、エリーも言っていたぞ？」

「そ、それはそうかもしれないけど、俺が欲しいのは夢なんだよ！」

「夢？」

「そう！　反対にお前はいいよな～。希望の部隊に入れただけじゃなくて、女の子も多いなんて……」

あ、夢ってそういうことか。

確かにエリーの指揮するパーティは男女比が女性の方に傾いている。

大体四対六ってとこだろうか？

俺はあまり気にしていないが、カイザーからしたら夢のような場所なんだろうな。

「くそう！　もし俺が筋トレ漬けで死んだら、お前を呪《のろ》ってやる！　末代までな！」

「死ぬの前提かよ！　てか、末代までって…」

でももし逆の立場だったら、俺もそう思っているかもしれない。

「あっ、マルくん。ここにいたんだ」

そんな話をしていると、エリーがバルコニーにやってきた。

「エリーか。どうしたんだ？」

「少しマルくんに用事があって。今いいかな？」

「うん、大丈夫だよ」

「良かった。じゃあちょっとついてきて！」

そう言うと、エリーは背中を向け歩いていく。

「お、早速デートのお誘いか？　流石はマルクさん、俺なんかとは住む世界が違いますなぁ～」

「いや、それはないだろ。あと、その呼び方は勘弁してくれ……」

タイミングがタイミングなだけに、カイザーから嫉妬の眼差しを向けられる。

が、すぐにニヤッと笑みを浮かべた。

「はははは！　冗談だよ。ほら、行ってこい」

「悪い。また後でな」

俺はカイザーと一度別れ、エリーについていくことにした。


やってきたのは、街の中心部。

最も人で賑わう場所だ。

「なぁエリー。一体どこまで行く気なんだ？」

「まだ秘密！」

尋ねてみても、さっきからこんな感じで教えてくれない。

一体、どこへ連れていかれるんだ？

エリーのことだから、何か考えがあるんだろうけど……

「行き先くらいは教えてくれてもいいじゃないか……」

「ごめんね、マルくん。でも言わない方が驚きも倍増すると思うから」

あっ、やべ。

つい声に出してしまった。

でも、驚かせるためってことは、相当すごい何かを見させられるってことだよな？

そう思うと、聞かない方がいいかもしれないな。

それにしても……

「いろんなものがあるんだな、ここは……」

街中を見回しながら、俺はそう呟《つぶや》く。

食べ物、雑貨、武器や防具……

店舗を構えているところだけではなく、露店《ろてん》で魔道具を売っている店もあった。

「リールは南方にある商業都市の中では最大だからね。普通に生活する分には十分すぎるほどだよ」

「まぁ、そうだろうな……」

活気を見れば、この街の経済がどれだけ潤《うるお》っているかが一目で分かる。

「あっ、ねぇねぇマルくん！　ちょっと寄り道していい？」

「え？　いいけど……どうしたんだ？」

「ちょっと気になるお店を見つけたの！」

エリーはそう言って、タタタッとお目当ての露店の方へと走っていく。

陳列されていたのは、色とりどりに輝く宝石を使ったアクセサリーだった。

「綺麗……」

目をキラキラとさせながら商品を見つめるエリー。

そう言えば、エリーは昔から宝石が好きだったな。学校にも宝石が埋め込まれたペンダントを持ってきていたし。

「わたし、昔からこういう宝石類が好きでね。なんか見ていると落ち着くっていうか……」

「そうなのか……」

覚えていることを知られるのが恥ずかしくて、そう返したが……存じております。

「でも、こういうのが好きって言うと、なんか嫌味だと思われちゃうんだよね。お金持ちの思想だって。うちの家がお金持ちだっていうのもあったからだと思うけど……」

「ああ……」

確かに、宝石の付いたアクセサリーや宝石そのものを買うことは、一般庶民にとっては日常的ではない。

値段はアホみたいに高いし、宝石がついてなくてもいいものはある。

こういうものを買うのは、一部のセレブか宝石コレクターくらいだ。

「マルくんはどう？　宝石付きのアクセサリーって興味あったりする？」

「どちらかというと、自分の手の届かないところにある存在って認識が強いかな。ホイホイ買えるもんじゃないし」

「まぁお値段は相応だけどね。でも宝石が入ってるっていってもピンからキリまであるから、高くないやつもあるんだよ？」

「そうなのか？」

「うん。特にこれとか」

そう言って、露店の商品の一部を指さすエリー。

そこにあったのは、紫色に光り輝く宝石が埋め込まれた髪飾りだった。

値札を見ると、決して安い額ではないのだが、宝石が付いていることを考えれば、そこまで高い代物ではなかった。

……それでも俺にとっては高価なものであることに変わりはないのだが。

「……そろそろ行こっか！　ごめんね、誘っておいて寄り道しちゃって」

「お、おう」

「じゃ、ついてきて。もう目的地はすぐそこだから」

そう言ってエリーは先にスタスタと歩いていった。

俺はそんな後ろ姿を見ながら、再び露店へと目を向ける。

「……よし」


それからしばらく歩いて、俺たちは目的地に辿り着いた。

「さ、着いたよ！」

「おぉ……！　これはすごいな」

エリーに連れてこられた場所は、街の少し外れにある高台。

そこからはリールの街全体を一望できた。

「どう？　ギルドハウスのバルコニーで見るよりも綺麗でしょ？」

「ああ。すごくいい景色だよ」

高さがあるから余計にそう見えるのだろう。

できることなら、夜にまた見に来たいくらいだ。

正直、バルコニーの時とは比べ物にならない。

単なる街の景色を見ているだけなのに、ここまで心を揺さぶられるとは……

「俺をここまで連れてきたのは、この景色を見せたかったからなのか？」

「それもあるけど、一番はマルくんと一緒にこの景色を見たいなって、ずっと思ってたの。だから今日、夢が一つ叶《かな》ったわ」

ふふっと笑うエリーの横顔を眺める。

そんな何気ない笑顔に少しドキッとするも、俺は再び街の景色の方に視線を向けた。

「すごくいい眺めだ。これからが楽しみだよ」

「そう言ってもらえて嬉しいよ」

「でも慣れるのに少し時間が必要だな。俺はどうやら人混みが苦手みたいだから」

「そっか、街に着いた時もそんな感じだったもんね」

こんなに人が集まった場所にいるのは、学校に通っていた時以来だからな。

多少混み合う分には構わないんだが、人口密度が異様に高いのはちょっと苦手だ。長く見ていると、少し酔ってしまうのだ。

「一刻も早くシティーボーイにならないとな」

「そこまで慌てる必要はないよ。少しずつ慣らしていけばいいんだし」

「早くパーティにとけこみたいんだよ。それが今の俺の目標の一つなんだ」

入って早々、足を引っ張るのはご免だ。

パーティに貢献するには、どんな環境であれ適応していかないとならない。

「な、なんかすごい意欲だね。昔のマルくんを知っている身としては少し驚きだよ……」

「昔は昔だ。今の俺はやる気に満ちている。って言いつつ、自分でも驚きなんだけど……」

昔のままだったら、多分カレアおばさんのところに残っていただろうな。

仮に前のような事件が起きても、冒険者を辞めて他の職を探していたかもしれない。

「じゃあ、これからは期待してもいいのかな？」

「もちろん。その前に色々勉強しないといけないけど……」

「だね。また明日から魔法の特訓を始めよっか。ちょうど明後日に新しい依頼を受ける予定だし」

「早速クエストに行くのか？」

「うん。今回のマルくんたちの加入で少し部隊を再編成したからね。その試運転も兼ねてって感じで」

「なるほどね」

じゃあ、今日はしっかりと精《せい》をつけておかないとな。

普段の物腰からはあまり想像がつかないが、エリーの特訓って結構きつい。

指導そのものがスパルタってわけじゃないけど、いかんせんじっくりと時間をかけて行うため、魔力を大量消費するのだ。

だからしっかりと食べてしっかりと寝ないと、気持ちよりも身体の方が音をあげてしまう。

と、そこで俺は、今だと思って口を開く。

「あ、そうだ。エリー、これ」

俺はポケットから小さな紙袋を取り出すと、それをエリーに渡した。

「これは？」

「開けてみれば分かるよ」

俺の言葉に、エリーはゆっくりと袋を開ける。

「こ、これって……」

中に入っていたのは、さっき露店でエリーが見ていた髪飾りだった。

欲しそうな感じで眼を輝かせていたから、こっそり買っておいたのだ。

「俺を救ってくれたお礼と、エリーとの友好を形にしたくて。よければ受け取ってくれないかな」

「でもいいの？　これ高かったでしょ？」

「値段なんて関係ないよ。俺としては、想いが形になってエリーに届けさえすればいいんだから」

「マルくん……」

俺は彼女に救われた。

だから今度は、彼女の力になりたい。

それが、今の俺が掲げる最大の目標だ。

「ありがとう、それじゃあありがたく受け取るね」

エリーは髪飾りを片手に持つと、自分の髪にそっとつけた。

「ど、どうかな？」

そう言って、髪飾りを俺に見せるようにくるりと回る。

キラリと輝く紫色の宝石が、彼女の美しさを更に際立たせていた。

「すごく似合っているよ」

「ホント!? えへへ～」

幸せそうな笑みを浮かべるエリー。

そんな顔を見ていると、こっちまで幸せな気持ちになる。

それがエリーの笑顔なら尚更《なおさら》だ。

リールの絶景が、より場の空気を盛り上げていた。

「今度は夜に来たいな」

「そうだね。夜の景色は凄いよ～。多分、マルくん気絶しちゃうかも！」

そう言って、くすくすと笑うエリー。

「そんな大袈裟な……」

でも、一度は来てみたいな。

できれば、またエリーと二人で。

それから、俺たちはしばらくの間、リールの景観を眺め、ギルドハウスへと戻った。

今日から俺たちの新たな旅が始まる。

今まで苦痛に耐え忍んできて得た初めての自由だ。

だから、とことん楽しもうと思う。

次こそ、本当の幸せを掴むために。


ギルドハウスに戻ると、何やら騒がしくなっていた。

玄関に入ったところで、たまたま通りかかった副団長のステラさんと目が合う。

「あ、エレノア！　ようやく帰ってきたわね」

「ステラ、これは一体？」

「歓迎会の準備よ」

「え、歓迎会って明日のはずじゃ……？」

エリーが首を傾げていると、ステラさんが首を横に振る。

「色々あって、急遽《きゅうきょ》今日の夜にやることになったのよ。事情は後で説明するから、こっちを手伝ってくれない？」

「わ、分かった。ごめんね、マルくん。先にリビングでゆっくりしてて」

「いや、俺も手伝うよ。何だかすごく忙しそうだし」

「いいのいいの！　マルくんたちの歓迎会なんだから、主役は休んでて」

エリーはニッコリと笑って、そのままステラさんと一緒に行ってしまった。

その後姿を見送る俺に、背後から声がかかる。

「お、マルク。デートからご帰宅か？」

振り返れば、そこにはカイザーがいた。

「今度はお前か。てか、デートじゃないし。二人でちょっと景色を見に行っただけだし」

「それをデートと言わずして何と言うのだ、我が友よ……」

困惑した表情になるカイザー。

そんな顔されてもな……

異性交遊の経験値の低い俺からすれば、どれがデートになるか基準が分からない。

知り合いの異性と外に出掛ければ、それだけでデートになるんだろうか。

「そんなことより、なんか今日の夜に歓迎会をやるみたいだな」

話題を変えると、カイザーはコクリと頷いた。

「らしいな。本当なら明日の夜にやる予定だったらしいけど」

「それがなんで今日に？」

「さぁな。さっき副団長に聞いてみたけど、教えてくれなかったよ。手伝いも不要だとさ」

「そうか……」

何か理由がありそうだ。

でもいくら主役といえ、周りが働いている中で自分だけ寛《くつろ》ぐのはあまりいい気分はしないな……

「まぁ、向こうがそう言うんだからお言葉に甘えようぜ。恩を返す時なんてこれからいくらでもあるんだからよ」

「そう……だな」

そうだ。これから俺たちはこのパーティで新たな人生を歩んでいくんだ。

カイザーの言う通り、お礼をする機会なんていくらでもあるだろう。

正直、肉体的にも精神的にも、まだあの一件からの疲れが取れてない部分があるし、リールまでの移動なんかでも、それなりに体力を使った。

だから今日は言葉に甘えて、ゆっくりとさせてもらうか。


そして日が暮れて、その日の夜。

ギルドハウスのバルコニーで、俺たちの歓迎会が開かれた。

「それじゃあ、新メンバー加入を祝って……かんぱ〜い！」

「「「「かんぱ〜い!!」」」」

エリーが乾杯の音頭《おんど》を取り、歓迎会が始まる。

それからはもうみんなどんちゃん騒ぎ。

一本のボトルワインを一気飲みする猛者《もさ》もいれば、ひたすら食っているメンバーもいる。

ちなみに俺は少し離れたところにあるテーブルで、もう一人の主役であるカイザーと一緒に、優《ゆう》雅《が》に酒を飲んでいた。

「お前はあそこに加わらないのか？」

一気飲みをしているメンバーを見ながら俺がそう聞くと、カイザーは首を横に振る。

「バカ言え。明後日はパーティに加入して初のクエストだぜ？　疲れがたまってる今、あんなことしてたら、身体をぶっ壊しちまうよ」

「お、珍しく健康志向じゃないか」

「それは前からだ！　てか、お前こそ混ざらなくていいのか？」

「俺が酒に弱いこと、知っているだろ？」

その言葉に、カイザーはニヤリと笑みを浮かべる。

「あ、そういえばそうだったな。ふふふ」

「わ、笑うな……！」

実は俺には、酒関係の黒歴史がある。

酒に酔いすぎて、まぁ……あり得んくらいハメを外してしまったことがあるのだ。

おそらくカイザーの今の笑いは、それを思い出してのものだろう。

あまり思い返したくはない過去だったのに……

俺が少し睨むと、カイザーは謝ってくる。

「悪い悪い……にしても、今日歓迎会を開いた理由がアレだったなんてな」

カイザーは空を――月を見上げながらそう言った。

今日は満月だ。

それもただの満月ではない。

一年の中でも、最も大きな満月が見られる日なのだ。

ステラさん曰《いわ》く、今日みたいな満月のことをスーパームーンと呼ぶらしい。

加えて、今日は流星群が大量に見られる日でもあった。もう既に何度か目撃している。

そういったこともあり、急遽今日歓迎会を開催することになったのだそうだ。

「ここから見える街の夜景《バルコニー》だけでもすげぇのに、空までこんなに綺麗だなんてな」

「ああ、今までの人生の中で最高のパーティだよ」

「同感だ」

ワイングラスを片手にしばし、星空を見上げる俺たち。

すると――

「二人とも、楽しんでいますか？」

エリーとステラさんが俺たちのテーブルへとやってきた。

「めっちゃ楽しんでます！　今日は本当にありがとうございます！」

カイザーが勢いよく頭を下げると、エリーは首を横に振る。

「いえいえ。細かい準備はほとんどステラがやってくれたので、お礼ならステラに……」

「ありがとうございます、ステラさん！」

「ありがとうございます」

「いえ、楽しんでいただけているようで何よりです」

カイザーと俺のお礼に、ステラさんは微笑む。

それからしばらくの間、四人で歓談する俺たち。

そこで一番驚いたのが、ステラさんが結構な酒豪《しゅごう》だったこと。

それを聞いたカイザーとステラさんの間で、どれだけ酒を飲めるかの謎の対決が始まり……カイザーは無事死亡。

さっきの発言はどこに行った、とツッコミたいくらいの死にっぷりを披露《ひろう》してくれた。

対して俺とエリーは終始平和だった。

エリーも俺と同様にお酒に弱いということで、最後の方はジュースで済ませていたくらいだ。

しかし不思議と、楽しい時間はすぐに過ぎ去っていくもので――

歓迎会もそろそろ終わろうかという頃、いつの間にか俺とエリーは二人きりになっていた。

カイザーはステラさんに医務室に運ばれ、他の面々も俺たちのテーブルの方へは来ない。

俺は今日あった出来事の全てを含めて、エリーにお礼を言う。

「今日はありがとうな、エリー。色々と」

「だ、だからわたしは何も……」

「歓迎会もそうだけど、それ以外のことでもだよ。エリーには色々と迷惑をかけちゃっただろう」

「そんなことないよ。逆にマルくんはこれで良かったの？」

これで……というのは、パーティに入ったことだろう。

「前にも言っただろ？　俺はもうエリーと一緒に新たな道を歩むって決めたんだ。この決断に一片も後悔はないよ」

「そっか。ごめんね、変なこと聞いて」

俺は心の底から望んでいるのだ。

エリーと共に歩むことを。

パーティに入った時から、ずっと。

「だから、これからもよろしく頼むな……エレノア団長！」

「うん！　こちらこそ！」

そんな会話をしていると、エリーが空を見上げて声を上げる。

「あっ、見てマルくん！　流星群だよ！」

「おお……！」

目の前で大量の星が放物線を描いて流れていく。

それも一つではなく、無数に。

これまでも星群は何度か見たことはあるが、流石にここまでの規模は初めてだ。

「綺麗だね……」

「ああ、本当に」

エリーの横顔をちらりと見ながら、そう呟き、幻想的な夜空に目を配る。

今日は人生で、最高な日になりそうだ。

第四章　初クエスト

歓迎会から二日が経過した早朝。

俺はカーテンから差し込む光で、いつもよりも早く目を覚ました。

「ん、んん……」

身体を起こして、ググッと伸びをする。

「ふぅ……いよいよか」

今日はパーティで初クエストに行く日だ。

「今日は確か、調査クエストを受けるんだったな」

クエストの内容は、歓迎会の時に聞いていた。

何でも、この街の近辺にある密林地帯で、冒険者が行方不明《ゆくえふめい》になる事件が多発しているらしい。

詳細はギルド本部で聞くとのことだが、何やら物騒な依頼だな。

まぁだからこそ、信頼があって、なおかつ実績も十分な【聖光白夜《ルークス・ホーリーホワイト》】がやる仕事でもあるんだろうけど。

「とりあえずシャワーでも浴びてすっきりしよう……」

俺はベッドから降りると、洗面所へ向かう。

俺は今、リール内にある借家で一人暮らしをしていた。

エリーが特別に手配してくれた場所だ。

当分は宿で過ごそうと思っていたんだけど、費用がバカにならないだろうとエリーに止められたのである。

それじゃあどうするのか、となった時に、パーティの伝手《つて》を使って、ワンルームを借りられることになった。カイザーも、同じように部屋を借りていた。

しかも相場の半分以下というあり得ない価格で！

エリー曰く、これも福利厚生の一環とのこと。

流石はSランクパーティ、格が違う。

洗面所に入った俺は、籠《かご》からタオルを取り出す。

そして、浴室に入ろうと服を脱ごうとした――その時だった。

ガチャ。

「ガチャ？」

開かれる浴室の扉。

そして俺の目の前にとんでもない光景が入ってくる。

「え……？」

言葉が詰まる。

「え、マ、マ……」

だが向こうも心境は同じようで、同じく次の言葉が出てこない。

だがすぐに冷静さを取り戻したらしく、顔を真っ赤に染め上げる。

「な、なんで……マ、マルくんが⁉」

「そ、それはこっちのセリフ……ってかごめん！」

このままじゃマズイと、急いで扉を閉める。

そして混乱の中、逃げるようにリビングへと出た。

……なんでエリーがいるんだっ⁉

考えても全く答えが出てこない。

むしろ考えれば考えるほど、俺の頭は混乱していった。

そんな悶々《もんもん》とした時間が数分続いていると、浴室からエリーが出てくる。

あんな事件が起きたのに、彼女は既に冷静さを取り戻しているようだった。

「マルくん？」

「あ、あの……エリー」

少々、つっかえながら切り出すと、エリーはポッと頬を染めた。

「さ、さっきのは気にしなくていいから！　マルくんもわざとじゃないだろうし、そもそもわたしが浴室の鍵《かぎ》をかけ忘れたのがいけないんだし……」

とはいえ、やはり恥ずかしさはあったようで、そう話すエリーの顔は徐々に赤さを増していく。

そりゃそうだ。

偶然とはいえ、向こうからすれば異性に自分の裸を見られてしまったわけだし。

「でもわたしが来るのを忘れていたのはちょっと悲しかったな。合鍵まで渡してくれたのに……」

「返す言葉もございません……」

エリーが怒った様子もなく落ち着いているのを見て、俺も冷静さを取り戻し、エリーがいる理由を思い出してきた。

部屋を借りることが決定した後、エリーがクエストに行く日の朝に部屋に寄ってもいいかと言ってきたのだ。

理由は分からないが、俺に用があるとのことで快諾《かいだく》。そのまま合鍵を渡していたんだった。

ただ、久々にゆっくりと休む時間ができたためか、俺は完全にそのことを忘れてしまってぃた……とまぁ、こんな感じで今回の事件に至るというわけだ。

「ホント、ごめん……」

「ううん。わたしこそごめんね。お風呂《ふろ》勝手に使っちゃって……」

「それは構わない。自由に使えって言ったのは俺だし。それで、エリー。わざわざこんな朝早くから俺の家まで来た理由なんなんだ？」

お互いに謝罪をし、気分が改まったところで、本題に移る。

約束した時にも聞いたけど、はぐらかされたからな。

「あ、それなんだけどね。はい、これっ！」

エリーがテーブルに置いたのは、大きめの巾着袋《きんちゃくぶくろ》だった。

ドスンと重い音を聞く限り、中に色々入っているみたいだけど……

「あ、これ……もしかして調理器具とかか？」

「せいかーい！」

袋を開けると、まな板やら包丁やら諸々の調理器具が入っていた。

あと食器類も何点かある。

「マルくんは料理するってカイザーくんから聞いたから、色々と用意してみたの。どうかな？」

「助かるよ！　近いうちに買わないとなって思ってたからさ」

これは普通に嬉しい。

そして、今だけはこう言える。

ナイスカイザー！　……と。

「でもいいのか？　こんなに貰っちゃって……」

「いいのいいの！　個人的な加入祝いも兼ねているから」

そう言って、エリーは満面の笑みになる。

「ありがとう、エリー。大切に使うよ！」

「うん！　あ、でもマルくんの家に来た理由はこれだけじゃないの」

「え、そうなのか？」

「うん。どちらかと言うと、こっちが本命……」

また別で用があったみたいだ。

しかもここへ来たメインの理由らしい。

「なんだ、本命って……」

「え、えっと……」

エリーはモジモジしながら、顔を赤くする。

「ま、マルくんの……あ、朝ごはんを作りに来たの！」

そしてそんなことを言い放った。

焦らしてくるから、何が飛び出すかと思いきや……

「朝ごはん？」

「そう。せっかく届けに来たんだし、作っていこうかな～って。それにほら、今日は多分一日中動くことになるから、しっかりと朝から精をつけないとだし！」

「いや、飯なら俺も作れるからそこまでしてくれなくても……」

「い、いいから！　今日はわたしが朝ごはん作るから、マルくんはシャワー浴びるなりクエストに行く準備をするなりして待っってて！」

「お、おう……分かったよ」

なぜか必死なエリーの勢いに呑まれて、頷くことしかできない。

でも朝ごはんを作ってもらえることはありがたいな。

その時間を準備とかに回せるし。

「じゃあ俺、シャワー浴びてくるから」

「うん。あ、洗面台にタオル置いてあるから。あと今日の着替えもね」

「あ、ああ。ありがとう……」

用意周到だな。

俺が寝ている間に準備したのだろうか。

「……ホントだ」

洗面所に行くと、洗顔用とシャワー用のタオルと、今日の着替えがきっちりと置かれていた。

というか洗面台周り、めっちゃ綺麗になってるし。

「一体いつからいたんだ……あいつは……」

ありがたいけど、ここまでしてもらうと逆に申し訳なく思えてくる。

「今日は頑張らないとな、マジで」

顔を洗い、服を脱ぐ。

そして使用済みのタオルを洗濯籠に入れようとした時、あるものが視界に入ってきた。

「なんだ、これ」

クルッと丸められたピンク色の物体だが。

「ハンカチか？　なんでこんなところに……」

見た感じ、エリーのものっぽい。

一応確認のため、丸まったそれを広げる。

すると、とんでもないものが俺の目に入ってきた。

「こ、これは……ッ！」

思わず息を呑む。

その物体は俺の予想をはるかに超えた代物だった。

「こ、これが俗に言う……」

女物の下着《パンティー》というやつか!?

おそらく風呂に入った後、置いたままにしてしまったんだろう。

まずいな。これはどうしたものか――

「ねぇ、マルくん。今ちょっといい？」

ビクッッッッッッ!!

急な声掛けに、身体が跳ね上がる。

そして心臓の鼓動もテンポアップしていき……

「ど、どどどうしたエリー！　な、なんか忘れものか!?」

声が震えている上に噛《か》みまくりで、どう考えても不自然な返答をかましてしまった。

「ちょっとマルくんに聞きたいことが……ってどうしたのマルくん、なんか声が震えていたみたいだけど……」

扉の向こうからくぐもって聞こえてくるエリーの声。

「な、なんでもないぞ！」

とりあえずそう返すが……

ど、どうしよう。多分コレのこと……だよな？

「マルくん～？　大丈夫～～？」

どうしよう……このまま隠し通すか？

いや、隠したら意味ないだろ。

これを探しに来ている可能性があるんだし、場所が変わっていたら、俺が触ったのがバレるじゃないか。

「マルくん、中に入ってもいい～？」

どうする……？　素直に忘れていたよって渡すか？　いやでも……

「マルくん、入るよ～？」

「えっ!?　いやエリー、それはちょっ――」

だが、俺の声は彼女の耳まで届いていなかったのだろう。

扉がギギーッと開き――

「ねぇマルくん。この後のことなんだけど……えっ？」

「あ……」

目が合う俺たち二人。

俺の手中にはまだ、例のピンク色のブツが。

考え込んでいたからか、無意識に右手で握りしめているのに今さら気付く。

エリーの目線は一気に俺の右手の方へと集中した。

「ま、マルくん……それ……」

「あ、いや、これはその……！」

終わった。

俺の脳内には、その一言だけがグルグルと駆け巡っていた。

ピンクのパンティー。

そして、それを握りしめた俺。

絵面は最悪だ。

さっきの鉢合《はちあ》わせ事件といい、今回のことといい最悪だ。

その上、今の話の切り出し方的に下着のことじゃなかったっぽいし。

もう、ダメだ……

いっそのこと殴られてしまおうと思い、素直に怒られる覚悟を決めた……その時だった。

エリーはホッとしたような表情になる。

「良かったぁ～！　その下着、どこにあるか分からなくて、さっきからずっと探してたんだよ～！」

「え……」

「ありがとう、マルくん。ごめんね、変なものを見せちゃって。あ、ちなみにこれ、使用済みじゃなくてちゃんと新品だから気にしないで」

「あ、ああ……うん？」

あれ、怒らない？

というか、まさかの反応だった。

普通女の子って、こういうの見られたら、恥ずかしがるもんじゃないのか？

一発くらいグーパンが飛んできてもおかしくないと思っていたのに……

てか、その前に、なんで使っていない下着がこんなところにあるんだ？

疑問が次々と浮かんでくる。

そう言えばさっきもエリーはあまり怒らなかったな。

流石に見られた瞬間は恥ずかしがってはいたけど……

裸はダメだけど、下着は見られてもいいってこと……なのか？

謎だ……実に謎だ。

「ん、マルくん？　どうかした？」

「い、いや……何でもない。それよりも俺に何か用があるみたいだったけど……」

とりあえず話題を変えよう。

あまり深く考えると沼にハマりそうだ。

「うん、とはいってもたいした用事じゃなくて、何が食べたいかリクエスト聞いてなかったな〜って思ってさ」

「ああ、そういうことか。別に俺は何でもいいぞ。食に関して好き嫌いは基本的にないからな」

「あ、そうなの？　昔は嫌いなもの多かったのに……」

「む、昔はな……てかよく覚えているな、そんなこと」

「ふふんっ、まぁね～」

エリーが言っているのは初等部の頃の話だろう。

俺の通っていた学園は大食堂というものがあって、学年ごとに献立《こんだて》が決まっていた。

エリーの言う通り、当時は嫌いな食べ物が多かった俺は、いらないものは友達にあげたり、コッソリとゴミ箱に捨てたりなんてことがよくあったのだ。

でもカレアおばさんに引き取られてからは、嫌いなものはなくなって今では何でも食えるようになった。

おばさんの料理の腕前が、俺の好き嫌いを失くしてくれたのだ。

そんなふうに思い返していると、エリーは首を傾げる。

「じゃあ、わたしが考えた献立でいいかな？」

「もちろんだ」

「オッケ～！　んじゃ、できるまで待っててね」

「ああ」

俺としては作ってくれるだけでもありがたいことだ。

一時はどうなるかと思ったが、丸く収まって良かった。

正直、疑問な点は多いが……

「ま、まぁ深く考えないようにしよう……うん」

謝るべきか否か。

そんな思考は消すことにした。

それにしても……

「女性モノの下着って、あんなに生地が薄いんだな……」

右手に未だ残るエリーの下着の感触。

もう二度と触れることはないかもしれないそれに、俺はしばらく謎の余韻を感じていたのだった。

◆　◆　◆

一方で……

「み、見られた⁉　わ、わた……わたしの下着を……っ⁉」

リンゴのように顔を真っ赤に染め上げるエリー。

「と、咄嗟《とっさ》に新品って言っちゃったけど、絶対に無理があったよね……さっきのことといい、うぅううう……恥ずかしい……っ！」

平常心を装っていたが、その場で倒れそうなくらい恥ずかしい思いをしていた……のは彼女のみが知る真実である。

◆　◆　◆

「おぉおぉおぉおぉおぉ～～～！」

風呂に入ってスッキリとした俺が部屋に戻ると、テーブルには朝ごはんとは思えない豪勢な食事が並んでいた。

「すげぇな！　これ全部エリーが作ったのか？」

「うん。短時間でできるものばかりだけどね」

「いやでも、これだけの量を作れるのはすごいよ」

俺がシャワーを浴びて出てくるまで時間はそれほど経っていないはずなのに、パンとスープ、そしておかずが五品も並べられている。

俺も料理はできるほうだけど、この短時間でここまでの品数を作ることは多分無理だ。

「ま、褒めるのは食べてからにして。口に合うかは保証できないから」

「お、おう……」

でもこれは食べなくても分かる。

見た目から美味そうなんだもん。

「じゃあ、早速いただきます」

「どうぞ～」

まず手をつけるのはふわふわしている卵焼き。俺の好きな料理の一つだ。

真っ先に箸《はし》で掴むと、そのままパクッと口に持っていった。

「う、うまい……めっちゃうまい……っ！」

「ホント？　良かったぁ〜〜」

ちょうどいい甘さの俺好みの卵焼きだった。

ふわっふわで少しだけダシがきいてて……気がつけば、二個目三個目と箸が進んでいた。

他の料理も、例外なく全て美味しかった。

まさに見た目の美しさに見合った、素晴らしい味。

普段から料理をしている身としては、少し嫉妬してしまうくらいだった。

昔から何やらせてもすごいヤツだったけど、本当に何でもできるんだな。

箱入りが多いと言われている貴族家のご令嬢とは思えない。

「エリーは料理もできるんだな」

「実家にいた時に料理はよく作ってたからね。それなりのものは作れるつもりだよ」

「実家にいた時って……エリーくらいの身分なら、専属の料理人とかいたんじゃないのか？」

「いたけど、わたしも料理を作りたいって言ったら厨房《ちゅうぼう》を貸してくれてね。色々と学んでいくうちに料理にハマっちゃって、後々家族全員分の食事を作るのが日課になったの」

「なるほどな」

そりゃあ料理が上手くなるわけだ。

でも今時珍しい。

エリーって家庭的なところがあるからついつい忘れがちだけど、ちゃんとしたお嬢様なんだよな。

立ち居振る舞いとかからはそういった面が垣間見えるけど……有名冒険者パーティのリーダーを

してるってことや、誰にでも分け隔てなく接する感じとか、何も知らない人からすれば、長い歴史を誇る名家出身とは思わないだろうな。

でもそれがエリーの良さであり、パーティのメンバーから慕われる理由にもなっているんだろう。

「――ごちそうさまでした。すごく美味しかったよ。ありがとうな」

あまりの美味しさに、あっという間に完食してしまう。

盛られた皿には一片の残りかすもなかった。

「喜んでもらえて良かったよ。こうして家族以外に料理を振る舞うのは初めてだったから」

「えっ、そうなの？　俺はてっきり他のメンバーにも作ってあげてるのかなって思ったけど」

「普段は家にいる時しか料理はしないからね」

「そうなのか。じゃあ俺は特別ってことだな！」

俺がそう言うと、エリーはちょっと言葉に詰まったように頷く。

「う、うん――」

「な、なんてな！　流石に図々しかったよな、ごめん」

「そ、そんなことは……というか実際、特別……」

「ん、どうしたエリー？」

エリーにしては珍しくボソボソした声だったので聞き返すが、エリーは首を横に振る。

「う、ううん、何でもない！　とにかく、早く出発の準備をしないと！　今日は遅れられないからね」

「おう！　あ、じゃあ俺皿洗いしておくよ」

「え、いいの？」

「もちろん！　作ってくれたお礼というか、それくらいしないと」

俺の立場がない。

全部任せっきりというのは、あまり気分がいいものじゃないしな。

「分かった。じゃあその間にわたしは準備するから、お願いね」

「了解」

俺は皿を台所に持っていく。

だがその間、さっきの言葉が俺の頭の中でリピートしていた。

さっきは聞こえない風にしていたけど……

俺のために、特別に……か
ごにょごにょと言った一言を聞き逃さなかった俺は、その言葉を何度も脳内で再生しながら、一人ニヤニヤとするのだった。


朝から美味い飯で精をつけた俺は一人、集合場所であるギルドへと向かっていた。

というのも、エリーは一度ギルドハウスに寄ってから来るとのことで、先に行っていてほしいと言われたのだ。

「お、そこにいるのは！」

歩いていると、後ろから声が飛んでくる。

振り向くと、見慣れた顔がそこにはあった。

「お、カイザーじゃないか。寝坊は回避できたみたいだな」

「まぁ何とか……はむっ……な。ぶっちゃけ……んぐっ、自信なかったけど、俺の体内時計が……もぐ……反応してくれて良かったぜ。目覚ましは……ごくっ……全滅だったからな」

「なるほど。まぁその姿を見る限り、さっき起きたばかりってのは伝わってくるよ」

驚くことに、彼は食パンをもぐもぐと食べながらのご登場だった。言葉がとぎれとぎれなのは、食べながらしゃべっているためだ。

しかも右手にはコーヒーの入ったマグカップを持っているという、常人では考えられないシュールな絵面だ。

そのマグカップ、飲み終わった後どうするつもりだ？

「さっきというか、起きて着替えてコーヒーを淹れてすぐに外に出たからな。起床から出発まで五分もかかってないぜ。流石俺！　行動力の化身！」

「誇らしげに言うことではないぞ、それ」

でも彼にとっては大きな成果なのだろう。

前のパーティの時も、朝が早すぎると愚痴っていた程度には、朝に弱いからな、こいつは。

流石に飯くらいは家で食ってくるか、弁当箱に入れるなりした方がいいと思うが……

「あ、そういえばエレノアさんがいないけど、一緒じゃないのか？　お前んちに行ったんだろ？」

「エリーは準備があるからって一度ギルドハウスに戻った……って、何でお前がそのことを知ってんだ？」

「チラッと耳に入ったもんでね。羨ましすぎて、その場で一発殴ってやろうかと思ったぜ」

「盗み聞きかよ……」

というか、聞かれていたのか……こういう話は、周りに誰かいないかもうちょっと気にした方がいいんだろうか。

「……んでぇ、どうだったんだよ？」

「ど、どうって何が？」

ニヤニヤ顔で身体を寄せてくるカイザー。

何を求めているのか、その顔だけですぐに伝わってきたが、俺はとぼける。

「何かイベントの一つや二つあっただろ？　お兄さん怒らないから正直に話してみ？」

「別に何もないよ」

例の事件以外は……というか、アレは流石に言えない。

「ふむふむ、なるほどぉ。イベントはあったと。そうですか、そうですか」

何もないと言っているのに、俺の表情を見て察したのか、うざったらしい笑みを向けてくるカイザー。

しかし言うわけにも行かないので、誤魔化すことにした。

「いや、本当に何もないって。まぁ朝ごはんは作ってもらったけど」

「はぁ⁉　それマジ⁉」

カイザーは目を丸くし、声を張り上げる。

その驚きようは、俺の予想をはるかに超えたものだった。

「ふ、普通に朝ごはんを作ってもらっただけだぞ？　そこまで驚くことか？」

「いや、彼女以外の同年代の女の子に朝ごはんを作ってもらえること自体、普通じゃねぇから。てかそれ、俺からすれば万死に値することだぞ？」

なに、俺知らぬ間にそんな禁忌を犯してたの？

「お、大袈裟だって。それに俺とエリーは幼馴染だし、多少は――」

「幼馴染とか、余計作ってくれないわっ！」

「うわっ、びっくりした！」

いきなり声を張るカイザー。

でも何となく分かった。

昔、色々あったんだな……多分。

あえて何も聞かないけど。

「はぁ……俺も幼馴染の女の子に朝ごはんを作ってもらえる人生を送りたかった」

「もう人生終わったみたいに言うなよ。それにお前にはまだクレアさんがいるだろ」

「ああ……唯一の希望だ。今のところは灯《ともしび》程度の希望でしかないけどな……」

歓迎会の時も特に進展はなかったらしい。

でもまだパーティには入ったばかりだ。焦る時じゃないと思うけど……

「ま、いいけどな。今回の依頼でバッチリカッコイイところを見せて、バシッと告ればいいだけだし。帰ってくる時には彼女持ちだぜ！」

「お、おう……頑張れ」

無理しない程度に。

でも、こういう切り替えが早いのがカイザーのいいところなんだよな。

「よっしゃ！　なんか気合い入ってきたぜ。待ってろよ、俺のハネムーン！」

拳を握りしめ、叫ぶカイザー。

……まぁ、空回りしないといいけど。

そんな話をしているうちに、目的地であるギルドに着いていた。

リールの冒険者ギルド本部は、街の中心部にひと際目立つ建物を構え、リール問わず様々な所から冒険者が集う。

俺たちの故郷のギルドとは比にならない規模で、流石は巨大商業都市と言われるだけはある。

俺たちは早速手続きをするために受付へ行き、諸々の手続きを済ませた。

「これにて、手続きは終了となります。こちらは依頼受注の認可証になっているので、依頼完了まで失くさないようにお願いしますね」

「ありがとうございます」

受付を離れると、俺はトイレに寄るために、カイザーに先に待機場所へ行ってもらう。

トイレを済ませて俺もそちらに向かうと、カイザーが声をかけてきた。

「おう、早かったな」

片手に紙のコーヒーカップを持ち、いかにもふかふかしてそうなソファに座りながら。

「早速寛いでいるな……」

「いやぁ、まさかラウンジに入れるなんて思ってもみなかったからよぉ。これは堪能《たんのう》しないとなと思ったら身体が勝手に……」

そう、俺たちが待機している場所は、通常使用する本部内のロビーではなかった。

特別な依頼を受ける上位の冒険者や要人たちが入れるような、所謂《いわゆる》ＶＩＰラウンジという場所だったのだ。

パーティの後ろ盾がなければ、俺のような下位魔術師《ボトムキャスター》には縁のない場所だ。

それにしたってカイザーは寛ぎすぎだと思うが……

そう呆れていると、背後から声がかかった。

「二人とも。おはよ～」

「エレノアさん、ステラさんも！」

「おはようございます」

スタスタと俺たちの元へとやってきたのは、エリーとステラさんだった。

この二人が並ぶと、世界が一段階ほど美しく見えるのはなぜだろうか。

華美な人っていうのは、こういう人たちのことを言うんだろうな……

どうやら今回の依頼の参加メンバーは全員集合しているらしく、奥を見ると参謀のクレアさんやルイスさん以下、歓迎会の時に見覚えのある顔が勢揃いしていた。

「おはようございます、マルク。今日は晴れて良かったですね」

そう言ってエリーの陰から突然ひょっこりと顔を見せたのは、黒髪ロングヘアの美女。

「ハ、ハクア!?」

経理担当をしている幹部のハクアだ。

突然現れたので、変な声が出てしまった。

「お、脅かすなよ……」

「ふふふ、すみません♪」

妙に妖艶《ようえん》さを感じる笑み。

正直、あの一件以来、彼女のことは少し苦手だ。

まぁ、悪い人じゃないことはその後のエリーの説明で分かったからいいんだけど。

それより……

「ハクアも参加するのか？　戦闘員じゃないんじゃ……？」

「ええ、確かに私はパーティ内では非戦闘員の立場を取っていますが、一人の冒険者としてはバリバリの戦闘員なんですよ。役職を任される前は前衛職として活動していた時もありました」

「そうだったのか……」

よく見れば腰には、見慣れないものが差してあった。

片手剣よりもずっと細身の……確か、刀とかいう名前の武器だった気がする。

そちらに興味を引かれていると、ハクアはにこっと笑う。

「と、いうことで今日は長い一日になりそうですが、お互い頑張りましょうね」

「ああ、頑張ろう」

ハクアはうふふっと可愛らしい笑みを見せ、他のメンバー達のいる方へと歩いていった。

続いてエリーとステラさんも、「それじゃあ頑張りましょう」と言って、そちらへと向かっていく。

エリーたちが去ってからすぐに、俺は何者かの視線を察知し、そちらに振り向いた。

「なんか色々と言いたげな感じだな」

カイザーがじぃーっと俺の方を見てきていたのだ。

言葉を発さなくても、その視線の圧ですぐに分かった。

「なぁ、マルクさんよ。俺はお前を友人としてリスペクトしているから、多くは言わない。ただな……」

カイザーは俺の肩にポンと手を乗せると――

「俺の前で可愛い女の子とイチャイチャするのは許さん！　断じて許さんぞっ！」

カッと目を見開き、迫真の表情でそんなことを言ってきた。

あまりデカい声でそんなこと叫ぶなって。

というか、そもそもイチャイチャしていたわけじゃないし。

「くそうっ！　こうも目の前でやられると俺の心のライフが持たん！　そのうち嫉妬の沼にはまって、相棒を手にかけてしまいそうだ！」

「こ、怖いこと言うなよ……」

ふと思ったが、仮に俺とエリーとそういった関係になったらどうなるんだろう。

……まさか、本当に殺されたりしないよな？

そんなくだらないことを考えていたのだが――

「ようこそ、お集まりいただきました。【聖光白夜《ルークス・ホーリーホワイト》】の皆様方」

ラウンジ内に、一人の男が護衛らしき数名を引き連れて入場してくる。

見た感じは、いかにも貴族といった感じの中年男性だった。

ただ一つ分かるのは、あの人が入ってきた瞬間、場の空気が瞬時に変わったことだ。

「シラード公爵《こうしゃく》、この度はお忙しい中ご足労いただき、ありがとうございます」

エリーは彼の前に出ると、スカートの裾《すそ》を上げながら丁寧に挨拶をした。

「いやいや、こちらこそすまないね。朝早くから依頼を頼んでしまって」

男も挨拶を返してから、しばしエリーと二人で歓談をする。

「誰だ、あのおっさん」

「さぁ……」

もちろん、俺には見覚えのない人物で、カイザーも同様のよう。

公爵とか言ってたから、相当なお偉いさんだと思うが……

多分、この人が今回の依頼人なのかも。

「では皆さん、今回の依頼の説明を始めますので集まってください」

エリーの呼びかけに参加メンバーを始める。

エリーの横に立った貴族っぽい男性が、まず口を開く。

「まず、皆さまには早朝にもかかわらず、この度の依頼に参加していただいたことに、財団の代表として深くお礼を申し上げます」

男はそこで一度言葉を切り、再び続ける。

「この場にいる方々で私のことをご存知でない方は少ないかもしれませんが、一応自己紹介をしておきましょう。　私はシラード・ジ・リース。リース財団という組織の責任者をしている者です」

リース財団？　聞いたことがないが……

しかし彼の立ち居振る舞いやエリーたちの気を遣った様子を見る限り、相当大きい組織なのだろう。

そんなことを考えているうちにも、シラードさんの話は続く。

「皆様をお呼びしたのは他でもありません。　実は先日からレヴァの森で正体不明の魔物が現れたらしく、森全体の環境を変えている可能性があると、私の所有する調査団より報告を受けました。　皆様にはこの正体不明の魔物を発見、討伐してもらうため、森へと赴いていただきたいのです」

シラードさんがそこまで言うと、隣にいたエリーが口を開いた。

「シラード公爵、今回の件ですが、現時点で分かっている情報は何かありますか？」

エリーの質問にシラードさんは答える。

「現地には、見たことのない巨大な足跡があったようです。それが今回の異変の原因だとすると、その魔物は相当な大きさになると思われます」

更にシラードさんは続ける。

「その上、レヴァの森全体が大量の魔力で満ちている異常環境になっているらしく、調査に出ていたうちの団員も、長居は危険だと判断して調査は一度打ち切りになりました」

そこで俺たちに調査が回ってきたというわけか。

話を聞くだけでも、相当不穏な感じがするな。

「なるほど。状況は理解しました。ちなみに、その魔物の姿はまだ確認できていないんですよね？」

「ええ。残念ながらその姿までは……ただ、現地の調査員が足跡を分析したところ、どの魔物にも一致しなかったとのことで」

普段はいるはずのない存在がいるということか。

それは確かにおかしな話だな。

同じように考えているんだろう、エリーも力強く頷く。

「だとすれば、早々に原因を突き止めないといけませんね。その魔物が見つかっていないのであれば、被害が出る前に見つけ出さないと」

「その通りです。レヴァの森は狩りや素材調達にはうってつけな環境で、毎日多くの冒険者や商人が足を運びますからね。ギルドが制限をかけていますので、承認者以外は入れないようになっていますが……」

なるほど、ギルド側が認めた者しか森には入れないということか。

まぁ、むやみに人を入れて余計な被害が増えたら元も子もないから、当然の対応だよな。

「ただ、その制限以前からレヴァの森に入っている冒険者の安否がまだ掴めておらず、彼らが無事なのかどうか……」

シラードさんは少し言いにくそうにそう言った。

先日からの話らしいし、帰ってきていないのだとしたら、望みは薄いかもしれないな。

「……では、その辺の確認も踏まえてってことですね？」

「はい。お願いできますか？」

「もちろんです。お任せください！」

エリーはそう言って胸を張ると、依頼を了承した。

「ありがとうございます、エレノアさん。皆さんも」

シラードはお礼を述べてから、まっすぐにエリーを見つめる。

「あと、もう一つ忠告がございます」

「忠告？」

「はい。先ほども申し上げましたが、魔力の影響で魔物に変化があったり、異常行動が見られたりしています。皆様のような一線級の冒険者なら問題はないと思いますが、くれぐれも無理をなさらぬようお願いします」

「分かりました。情報を提供してくださり、ありがとうございます」

エリーがペコリとお辞儀《じぎ》する。

「それでは、お願いします」

シラードさんは再度お礼をすると、部屋から出ていった。

その瞬間、さっきまで部屋に漂っていた緊張感が消え去り、元通りの空気になる。

「う〜ん、情報という情報がなかったなぁ」

少し怪訝《けげん》な表情を見せるエリー。

「それほど不可解な事件みたいだな」

「でもまぁ、試運転にはちょうどいいんじゃないかな。基本的にSランクが受ける依頼って大きなものが多いから」

そうだろうな。

Sランクというのは、冒険者の中で頂点に君臨する存在だ。

ちまちまと小さな依頼をこなすなんてことは、まずあり得ない。

このパーティで活動していく以上、遅かれ早かれこういう大きな依頼に慣れていかないといけないだろうし。

ただ、エリーの言う通り情報はもう少し欲しかったな。

「残りは現地で調べるしかないってことか」

「そうだね。とりあえずレヴァの森に行ってみよう。一応二人の初めての依頼ってことで、準備は万全にしてきたから」

エリーは前方に手を翳すと、収納魔法《アイテムクローゼット》を開き、中からアイテムを取り出していく。

ポーションを始めとした各種回復薬や、能力を一時的に底上げする特殊薬などが大量に入っていたようだ。

一度ギルドに向かったのは、これを取りにいくためだったのか。

というか、かなりのバリエーションだな。

これなら、何が起きても対処できるだろう。

と、そこで俺は気になっていたことを聞いてみた。

「ところで、さっきの人は何者なんだ？　なんか公爵って言ってたけど……」

あの人が入ってきたら、みんなの反応と空気が一気に変わったから、気になっていたのだ。

そりゃ、公爵様となったら偉いんだろうけど、それにしても緊張感が違った。

「シラード公爵のこと？　あの方はこのリール地域の一帯を仕切る領主様だよ」

「この一帯の領主⁉　その辺の貴族なんかよりもよっぽどお偉いさんじゃないか」

「そうだよ。それに公爵はこのリールにあるギルドのギルドマスターでもあって、自分が頭目の財団を持っているの。さっき言っていたリース財団がそれね。財団とは言ってるけど、中身は領内の治安維持や異変の調査を行なう組織なのよ」

「そうだったのか……」

別に直接話したわけではないが、粗相《そそう》がなくて良かったと今になって振り返る。

そりゃ、空気が固まるわけだ。

なんたって、相手はこの辺の領地を取り仕切るボスであり、ギルドのトップ。

しかもこの街だけではなくて、一帯を治めているとなると、その領土はかなりのものだ。

公爵という立場でもあるし、まさに貴族の中の貴族ということだろう。

そんなことを考えていたら、一度外の様子を見に行っていたハクアが戻ってきてエレノアに伝達する。

「エレノアさん、表に馬車が来たみたいです。そろそろ……」

どうやら出発の準備が整ったみたいだ。

「分かったわ。それじゃあみんな、レヴァの森へ行くよっ！」


「「「「おぉぉぉぉぉぉぉぉ！」」」」


エリーの一言で、パーティの全員が声を上げる。

一瞬でパーティがまとまるのを見れば、エリーがどれだけ信頼されているのが分かるな。

「よぉし、やってやるか！」

「おうおう、やる気じゃないか相棒よ！」

気合いを入れるためにそう言うと、カイザーがバシッと俺の背中を叩いてきた。

いきなりだったせいで、思わず変な声が出そうになったぞ。

「びっくりさせるなよ……」

「あはは、悪い悪い！　でも、やってやるって気持ちは分かるぜ。俺も今、最高にやる気に満ちているからな。明確な目的がある男は強いってとこ見せてやるぜ」

「ちなみにその目的って？」

「そりゃあもちろん、俺が女の子にモテ……じゃなくて、名声を上げるためさ！　まずは信頼を築かないとなっ！」

おい、今モテるためって言いかけなかったか、こいつ。

まずは信頼と言ったが、今この瞬間に俺の信頼はなくなりかけているぞ。

ジト目を向けると、カイザーは慌て始める。

「お、おいなんだよその目は……！」

「大丈夫、そんな重要なことじゃない。気にするな」

「んなこと言われたら、余計気になるだろうが！　っておい、シカトするな！」

騒がしくなりそうなので、ささっと部屋の外へ。

ホント、なんでこいつはそんなにもモテたがるのか……

別に顔は悪くないと思うから、そこまで深く考えなくてもいいと思うんだけどな……

まぁでも、そんな邪《よこしま》な考えがやる気に繋がるのはカイザーだからこそだろう。

ある意味、彼にしかない強みだと言える。

それにカイザーの言う通り、目的が明確化している人間が強いのは事実だ。

何故なら、行動の質が目的を持たない人間よりも圧倒的に高くなるから。

もちろん、俺にだってたくさん目的がある。

俺にはなりたい自分の姿があるからな。

たとえ今はただの絵空事に過ぎないとしても、いつか必ずなってみせる。

――〝彼女《エリー》〟の隣にいるに相応《ふさわ》しい冒険者《おとこ》に。


俺たちはレヴァの森へと向かうべく、手配された馬車に乗り込んだ。

「レヴァの森、リール北東に位置する巨大密林地帯か……」

「この辺りで最大規模の密林地帯で、リール側の区域は魔物狩りとかの依頼でよく利用されるの」

エリーの言葉に俺は頷く。

「さっきのシラードさんとの話でも言ってたな。ギルドの掲示板にも、いっぱい依頼があった気がする」

レヴァの森はかなり広く、小さな街がまるまる呑み込まれるほどで、数十キロに亘《わた》って同じ景色が続く。

それでいて、実際に街が作られることはなく、人の手も入らず管理されているわけでもないので、生態系や植物の発達も著しい。

だが、それに比例して脅威も潜《ひそ》んでおり、この辺りの魔物の戦闘力は高い。

住みやすく、食にも困らないという環境が生み出した現状と言えるだろう。

なお、レヴァの森はその広さからいくつかの区域に分けられている。

魔物狩りなどでよく使う討伐区域、植物や食材採取などで用いられる採取区域、そして調査区域などだ。

基本的に、依頼を受けた冒険者は討伐区域や採取区域を回るのだが、今回俺たちが行くのは、これらの区域を含めた森の更に奥の方、調査区域と呼ばれるエリアだ。

調査区域とは、調べるべき事象が多い場所が指定されており、危険を伴う可能性もあるため、一般人はギルドからの認可が下りない限り立ち入り禁止とされている。

そもそも調査区域には魔物が多く、そのせいなのかは不明だが、空気中に存在する魔力の濃度も不安定だ。

特に今回はその魔力濃度が濃く、魔物に異常が起きているということなので、一層気を付けないといけない。

シラードさんの話では、【聖光白夜《ルークス・ホーリーホワイト》】レベルのパーティなら大丈夫とのことだが、無事で帰ってこられる保証はない。

特に俺たちのような新参者は、少しでも油断すれば足を掬《すく》われてしまう可能性がある。

だからこそ……

「気を引き締めていかないと。な、カイザー」

「ううう……」

「ん、どうした、カイザー？　お腹でも壊したか？」

「い、いや、そうじゃない。あ、でもそう言われると少し痛いような……」

「どっちだよ……」

いつも緊張感とは無縁だが、それにしてもなんだか様子がおかしい。

普段のおちゃらけた感じではなく、情けない表情なのだ。

「どうしたんだよ。いつものお前らしくないぞ」

「ちょっと不安でよ」

「不安？」

「ああ。もし俺たちじゃ太刀打《たちう》ちできないような、とんでもない魔物なんか出たらどうしようって思ってさ……」

カイザーが心配していたのは、自身の安全……というわけではなく、自分の実力がパーティのレベルに見合っているかどうかだろう。

確かに今回の依頼は、今まで【黒鉄闇夜《ブラリオン・ダークネス》】で受けてきたものとは一味違う。

そもそも、【聖光白夜《ルークス・ホーリーホワイト》】のメンバーは経験豊富な猛者ばかり。

スカウトされたとはいえ、俺たちの実力は彼らにはまだまだ及ばないと思っている。

そんな猛者たちがこれだけ集まっているということは、それなりに危険な依頼であることの証だ。

カイザーが心配する気持ちは分かる。

俺も本音を言えば、不安はあるさ。

でも……

「俺たちは覚悟を持ってここにいるんだ。それはお前も同じだろ？」

「そりゃあそうだけどよ……でも、考えちまうんだよ。足を引っ張ったらどうしようとかさ」

「カイザー……」

いつもやる気に満ち溢れていたカイザーが、らしくない表情を見せる。

今までカイザーのこんな表情は見たことがない。

よほど不安なのだろう。

と、その時だ。

横で聞いていたエリーが口を開いた。

「それなら心配いらないですよ、カイザーくん。わたしのパーティにはそんなことで責めたりするような人は一人もいません。むしろお互いに支え合い、不足を補い合ってわたしたちのパーティは成長してきました。確かに実力には個人差があります。ですが、わたしたちはパーティメンバーであり、同じ釜《かま》の飯を食べた仲間……もっと言えば家族みたいなものです。なので強大な敵と対峙《たいじ》することになったら、胸を張って堂々と、全力で戦ってください。もし何かトラブルが起きても仲間がカバーしてくれますから」

「エレノアさん……」

「それに、この経験は冒険者として逆にチャンスでもあるんです」

「チャンス？」

首を傾げるカイザーに、俺は補足してやる。

「他ではできない経験を積めるし、実績を挙げれば次のステップに移ることができる。それに比例してパーティの格も上がる。確かにリスクはあるが、リターンも大きい……そうだろ？」

「流石マルくん！」

正解だったようで、エリーは頷いてくれる。

冒険者にとって、経験は何よりも武器になる。

どのようなキャリアを積むかによって、冒険者の価値は変わっていく。

極端な話、安定を求めてだらだらと同じような依頼しか受けない冒険者は、知識も実力も一定の水準で止まってしまう。

逆にリスクを取りながらも、ハイリターンを追う姿勢をデフォルトとする冒険者は、知識も実力も着々と上がっていく。

別にどちらが良いとか悪いとかはない。

自分の目指す冒険者像が前者ならそれはそれでいいだろう。

でも、経験を積むことは今後の冒険者人生において大きな糧になる。

特に今回みたいな特別な依頼は、自分を成長させるチャンスなのだ。

「もっとポジティブに行きましょう！」

エリーがそう言って微笑むと、カイザーはようやく余裕を取り戻したようだ。

「そ、そうっすよね！　すみません、らしくない弱音を吐いてしまいました」

「いえいえ。あ、でも無理はしちゃダメですからね？」

「分かってます！　もし危なくなったら、マルクに助けてもらうので！」

「それはお互いにな」

俺だって余裕があるわけじゃないが、周りにはしっかりと目を配るつもりだ。

こういう時こそ助け合いが必要だからな。

「よっしゃ、じゃあ今一度気合いを入れ直すか！　マルク、ちょっと俺を殴ってくれ！」

「は？」

なぜか、突然の殴ってくれ発言。

今日一番の戸惑いを見せる俺に、カイザーは理由を説明してくる。

「気合い入れだよ！　腐った根性を叩いて潰すのさ」

「物理で？」

「細かいことはいいから、早く！」

「わ、分かったよ……」

相変わらず変なヤツだな……

俺はとりあえず、遠慮せずにカイザーを殴っておいたのだった。


そして、馬車に揺られること、一時間半。

ようやく目的地のレヴァの森へと辿り着いた。

「ここがレヴァの森か……」

馬車から降りると、緑一杯の風景が目に入ってくる。

「見た感じ、平和そのものだな」

「だな」

まだ入り口だが、特段変な空気感はない。

むしろ心地よい風が、馬車移動での疲れに安らぎを与えてくれる。

「はぁ……でもクレアさんがいないのは残念だな。今回はバシッとカッコイイところを見せられるチャンスだと思ってたのに」

「仕方ない。エリーがそう指示したんだから」

「まぁな……」

納得をしながらも、カイザーは残念そうに項垂《うなだ》れる。

実は出発の直前、シラードさんからの情報を踏まえて、パーティ全員での参加ではなく、一部の幹部とメンバーは街に残るようにエリーが決めたのだ。

状況が全く読めないため、万が一のリスクを減らすために、少数精鋭の部隊に再編された。

それによって、今回ここまでやってきたのは、団長のエリーと、副団長のステラさん、ハクアにレックスさんと、それぞれの部隊からエリーが選んだ実力者たちだ。

俺とレックスが入った状態での新部隊のテスト、という状況ではなくなったが、いずれにしても俺たちの実力を見せる機会であることは変わらない。

するとカイザーは顔を上げて真剣な表情で呟いた。

「ま、今は生きて帰ることが第一だな。死んだら俺の計画が台無しになっちまう」

「そうだな」

計画の件はあえて聞かないようにした。

何となく予想がつくし。

「それじゃあ森に入りましょう」

エリーのそんな号令で、俺たちはレヴァの森へと足を踏み入れるのだった。


「……にしても、思った以上に平和なところだな。今のところ邪気の一つも感じねぇ」

「確かにな……」

時間にして大体一時間くらいが経っただろうか。

俺たちはレヴァの森を進んでいく。

ここまで歩きながら見た限り、様々な生き物が数多く生息する、普通の森といったところ。

風に揺れる木の葉の音と、心地よい小鳥の囀《さえず》りが聞こえてきて、平和な印象だ。

カイザーの言う通り、全くもって異変を感じない。

「しかし、だいぶ奥まで来たな……」

カイザーの言葉に、俺は頷く。

それでもまだまだ道は続いていて、その広さに驚いてしまう。

流石はこの辺りでは最大規模の密林地帯と言われるだけある。

「あ〜あ、さっきから同じ景色ばっかりでつまらないな。なぁマルク」

「そうだな」

確かに代《か》わり映《ば》えのしない風景で飽きはするな。

まるでずっと同じ道を歩いているような錯覚《さっかく》に陥《おちい》りそうだ。

「でも、同じ風景だからこそ、分かることもあるんだよ」

そう言うのはエリーだ。

「例えば道に生えている野草とか、さっきよりも変わったことない？」

「野草……？」

じっくりと見てみると、見たことのない植物などが生えていた。

それ、に時々現れる動物や小鳥の囀りにも変化があるように思える。

「レヴァの森は区画によって生態系が変化するの。魔力濃度が高いところには、空気中の魔力を養分とする生物が棲《す》まい、逆に濃度の低いところには、魔力に敏感な生物が住んでいるわ……今いるのは採取区域、環境としては後者に該当するわね」

「同じ森でもそこまで変化があるのか？」

「うん。だから冒険者だけじゃなくて、商人や研究者もよく足を運んでくるの。まだまだ謎が多くて、素材集めやフィールドワークをするにはこの上ない環境だから」

「なるほどな……」

要するにここは自然の宝石箱みたいな場所か。

「あ、でも勝手に採取とかしちゃダメだからね。レヴァの森は国の特定自然保護区域になっているから、採取とかはギルドの認可が必要なの」

認可ね。

ということは、この辺は国にとって大事な場所なんだろうな。

さっきエリーもこの森には未知の部分が多いって言ってたし。

もしかして今回の件も、その未知の部分に関係していることなのかもしれない。

「全員集合！」

周りを見渡していると、エリーから号令の合図がかかった。

エリーを中心に一か所に固まる。

「ここから調査区域に入るから、各自臨戦態勢を整えておいて。陣形も奇襲に備えたものに変えよう」

どうやらここからが本番みたいだ。

エリーはもう既に何かを察知しているのか、少し表情を曇らせていた。

「エレノア、この感覚……」

「うん。多分この先に何かがあるね」

ステラさんや他のメンバーも気付いているみたいで、警戒心を強めている。

「何か感じるのか？」

サラッと聞いてみたところ、エリーは頷いた。

「この奥から、ここまでとは格段に違う魔力濃度を感じるの。ほら、この指針を見てみて」

エリーはポケットから、丸い時計のようなものを取り出した。

「これは魔力指針っていって、空気中にある魔力の濃度を測るための魔道具なんだ。この指針が一を示していれば正常、二で異常の可能性あり、三で要調査、四で災害指定級……といった感じで区分されているの。そして今、指針が刺しているのは——」

「要調査……か」

「そ。ここまで魔力濃度が高いってことは、かなりの大物がいる可能性があるね」

この指針が示す魔力濃度によって、その場で何が起こっているか、ある程度把握できるみたいだ。

エリーたちは感覚で分かっているみたいだけど、おそらく慣れているからなんだろう。

魔力操作ができれば分かるようになるらしいが、俺はまだ満足に魔力操作もできていないのだから、分からなくて当然だよな。

「それにしても、この濃度は危険ね。共鳴魔法の類《たぐい》もおそらく使えないだろうし」

ステラさんがボソッと呟く。

共鳴魔法とは、遠隔での意思疎通が可能となる魔法のことだ。空気中の魔力を伝って情報をやり取りするのだが、空気中の魔力濃度が高いと、上手く繋がらなくなる。

すると俺の背後にいたカイザーが声を上げた。

「おいおい、共鳴魔法が使えなくなるって、結構ヤバくないか？　要ははぐれたら合流できなくなる可能性が高くなるってことだろ？」

「まぁそういうことだな」

俺が頷くと、カイザーは神妙な顔になる。

「おい、マルク。一応念のため対策をしておこうぜ」

「迷子の対策か？」

「おう。例えばはぐれないように手を繋いだり、腕を組んだりするんだ。これならお互いにはぐれることはないだろ？」

「そりゃそうだけど、そんなの誰と……」

そう聞くと、カイザーはきょとんとする。

「え、お前とに決まっているだろ」

「は？」

驚きのあまり、かなり低いトーンで、マジもんの「は？」が出てしまった。

「冗談……だよな？」

「ん、冗談に聞こえたか？」

「違うのか？」

「俺は割と本気だったんだが、不満か？」

「不満しかないだろ！」

何が悲しくて男と手を繋いだり、腕を組んだりしなきゃならんのだ。

まだ異性とさえ、そんな風になったことないのに！

「なんだよ、お前は俺と手を繋ぎたくないのか。別に深い意味があるわけじゃなくて、あくまで対策の一環として考えただけなのに……」

シュンとするカイザー。

もしかして割と本気で言っていたのか？

「い、いやカイザー。俺は別にお前を拒絶するために言ったわけじゃ……」

だが俺の考えが甘かった。

そう切り出すやいなや、彼はニヤァと笑みを浮かべると、突然笑い出した。

「はっはっは！　なぁに本気にしてんだよ！　冗談に決まっているだろ！　何が悲しくて男とイチャつかないといけないんだよ。ピュアな男だな、お前は！」

「……」

ニヤつき顔でそう言ってくる。

これには流石にちょっと腹が立ってしまった。

「そうかそうか。よく分かった。お前は俺にボコボコにされたいんだな！　よぉーし、じゃあ開戦前のウォーミングアップをさせてもらおうかな！」

「ちょ、ちょっと待てマルク。軽いジョークじゃないか。俺とお前との仲じゃないかっ！」

拳を握りしめる俺に、オロオロするカイザー。

そんな俺たちを見て、エリーがクスッと笑う。

「ふふっ、本当に二人は仲良しなんだね」

これで仲良しと言えるのだろうか……

「仲がいいっていうか、付き合いが長いからな」

「そうっす！　俺とマルクは切っても切り離せない運命の糸で結ばれているんです！」

「誤解を生むような言い方をするな」

まぁ縁で結ばれていると言えばその通りかもな。

前のパーティにいた時も、なんだかんだで色々と頑張ってくれていたし。

「そっか……なんかいいなぁ、そういうの」

エリーは何を思ったか、じっと前を見つめながらそう言った。

「エリー？　どうかしたか？」

「ううん、何でもない。先へ進もう」

早歩きで。エリーは先へと進んでいく。

なんか、間があった気がするけど……

いや、今は依頼に集中しないと。


それから調査区域を進んでいくと、風景にも大きな変化が出始めた。

さっきまで頻繁に見かけた動物たちがいなくなり、植物も不気味な形をしたものばかりが目に入るようになったのだ。

エリーの言っていた通りだ。

警戒しつつ周囲を見回していると、エリーが真剣な表情で呟いた。

「段々と魔力濃度が高くなってきているね」

「さっきよりも？」

「うん。この量は異常だよ」

エリーの表情を見るに、状況は深刻なのだろう。

さっきからほんの少しだけ、ソワソワしているように見える。

俺には魔力濃度の魔の字すら、全く分からないが。

「カイザー、お前には分かるか？」

「魔法適性皆無な俺に分かると思うか？」

「そ、そうだよな」

カイザーは魔法職ではなく、物理職だ。

役職で言えば剣士《ソードマン》。

パーティでは前線を張って戦う役目を担っているが、【黒鉄闇夜《ブラリオン・ダークネス》】ではリナの無双状態だったおかげで、俺と同様ほとんど出番がなかった。

しかも、攻撃火力はリナがいれば足りているし、カイザーは身体が丈夫だからという謎の理由で、タンク役を押し付けられることが多かったんだよな。

戦闘では俺よりも酷い目に遭《あ》ってきたと言えるだろう。

そんなことを思い返していると、エリーが突然歩みを止めた。

「んっ、この感じは……」

そして同時に、周りの人たちも立ち止まる。

「ど、どうしたんだ？　いきなり止まって……」

「何かが来る」

「来る？」

すると、やや離れた後方を歩いていたステラさんから大声で指示が飛んできた。

「全員、戦闘態勢!!」

その掛け声と共に全員が瞬時に臨戦態勢を取る。

俺とカイザーも慌てながらも、皆と行動を合わせた。

「せ、戦闘ってマジなのか？」

「どう見てもマジだろ」

エリーも皆も、真剣な顔つきで武器を構え、一点だけをじっと見つめている。

それから数秒後、道の行く先から謎の紅《あか》い光が次々と現れる。

二つが四つ、四つが六つと、二つずつ現れるその光は、薄暗い森の中で圧倒的な存在感を放っていた。

これを見れば流石に俺たちでも事の重大さが分かった。

「魔物か？」

「みたいだな」

だが数が尋常じゃない。

紅の光は円を描くように動きながら、次々と数を増やしていく。

そして重い足音と共に、敵がその姿を現す。

「ウルフ種の魔物か……」

オオカミのような容姿が露わになり、獰猛《どうもう》な目つきで俺たちを睨んでくる。

確か名前はレイファンド・ウルフと言ったか？

「てか、なんだよこの数は！」

俺たち一行はあっという間に包囲されてしまい、カイザーが思わずといった感じで声を上げた。

俺としても全く同感だ。

異常が発生しているとは聞いていたけど、この数は度を越してないか？

「みんな、円形に陣形を整えて！」

そのエリーの合図と共に、一瞬で陣形が整えられる。

死角を無くすための策だろう。

「来るよ！」

エリーの合図は適確だった。

その一声と共に、次々と魔物が襲いかかってくる。

「いきなり戦闘開始かよ！」

そう言いながらも剣を構え、対処するカイザー。

俺も援護のために、味方に当たらないように気を付けながら魔法を放つ。

「炎弾雨《ファイア・レイン》！」

放った火属性魔法は、数体の魔物にクリーンヒットした。

そこで弱ったところをカイザーが一気に叩き、絶命させる。

「ナイス、カイザー！」

「お前もな！」

中々いい連携だったな。

俺もカイザーも久々の戦闘だが、調子はいいみたいだ。

とはいえ、流石は調査区域に棲まうだけあって、魔物たち一体一体の戦闘能力は高い。

一人で立ち向かうのは足を掬われる可能性があるから、危険だな。

そう思いながら戦っているうちに、少しずつ陣形が崩れていく。

「無理に陣形を維持する必要はありません！　各自、周囲のフォローを心がけつつ戦闘を持続してください！」

エリーが鋭く叫び、戦闘が激化していく。

「――おい、マルク。後ろだ！」

「ッッ……⁉」

そんな中、前方の魔物に注意を向けていると、背後から魔物が牙《きば》をむき出しにして迫ってきていた。

「マルくんッ！」

急いで魔法障壁《しょうへき》を展開しようと手を翳したその時、横からエリーの助けが入り、火属性魔法が魔物を撃ち抜いた。

さっきまで前線で魔物を狩っていたはずなのに、流石はエリーだ。

「大丈夫？」

心配そうに駆け寄ってくるエリーに、俺はコクリと頷いた。

「ありがとう、エリー。危なかったよ」

「気を付けてね。今回の敵は一味違うみたいだから。わたしはステラと一緒に前線で魔物退治しないといけないから、何かあったら二人を頼って」

「分かった。って、二人？」

「はい。私たちがお二人をお守りします」

すると、俺の背後にスッと亡霊のように現れる者がいた。

そいつは俺の耳にふぅーっと吐息《といき》を吹きかけてくる。

「ふぇっ⁉　ハ、ハクア⁉」

「うふふ、助太刀に参りました」

美麗な黒髪を靡《なび》かせながら笑みを浮かべるハクア。

もう少し普通の登場ができんのか、この人は……

「びっくりしたなぁ……」

「ふふっ、さっきのマルク、中々に可愛らしい反応でしたよ。あれを見ることができただけでもやった甲斐《かい》がありました」

「俺を使って面白がるな……っと、それはそうと、もう一人は？」

「彼ならカイザーくんに付いてますよ」

「あぁ……」

気がつけば、カイザーの隣には筋肉百パーセントな男の姿があった。カイザーはといえば、なんともいえない表情で立ち尽くしている。

「おう、カイザー！　お前にはこの俺様が直々に指導をしにきてやったぞ！」

露出した強靭な肉体を見せびらかしながら、そう笑う男。

幹部の一人のレックスさんだ。

身の丈以上の大剣を持つ様《さま》は、まさに様々な戦地を潜り抜けてきた屈強な冒険者といった感じで、見ただけで魔物すらも引き返していきそうなインパクトがある。

「あ、あざーっす……」

なんかカイザーの元気がない。

いや、元気がない理由は確実にあれだろう。

カイザーは戦いながら、じりじりと俺の元へと駆け寄ってくる。

そして周りに聞こえない程度の声で言ってきた。

「いいなぁ。お前はあんな美人に援護してもらって」

やっぱりか……そんなことだろうと思ったよ。

「お前はレックスさんの部隊に所属しているんだから、当然だろ」

「べ、別に嫌なわけじゃないぞ。ただ、羨ましいなぁ……って」

こんな時でもこの類の話題になると、本当にブレないな……

何がこいつをそこまで駆り立てているのか、むしろ知りたくなってきたよ。

「氷雪抜刀、零晶《れいしょう》！」

俺の真後ろで氷の刃が飛び交う。

振り向くと、氷でできた刃が魔物を貫通していた。

「今のは……」

その更に後ろにハクアを視認する。

「お二人とも、お話もいいですけど、今は戦闘中ですよ」

「そうだぞ、新入り！　お喋りしたかったら、まずは目の前の敵を駆逐《くちく》してからだ」

俺たちの近くに寄ってきた魔物たちを、ハクアとレックスさんが立て続けに一掃する。

さっきの氷の攻撃は、ハクアのものだったのか。

というかなんて威力だ。

剣を使った魔法……？　のような感じだったが、相手が一瞬にして消し飛んだ。

流石は吸血鬼一族の末裔。その実力は伊達《だて》じゃないってことか。

「すみません、気を付けます！」

俺たちはすぐに謝り、気を引き締める。

二人の言う通り、今は戦闘中だ。お喋《しゃべ》りをしている余裕はない。

特に俺たちは。

「カイザー、お前の恋愛事情は全てが終わったら俺も全力でサポートしてやるから、今は何も考えずに戦うぞ」

「例えば？」

ええっと、そうだな……

「クレアさんとのデートをセッティングしてやる。これならいいだろ？」

「本当か!?　その言葉、絶対に忘れるなよ！」

カイザーは嬉しそうに笑みを浮かべると、剣をギュッと握りしめた。

「よっしゃ！　やったるぜ！　絶対に無事に帰ってクレアちゃんとデートだ！」

はぁ……なんていうか本当に……

「単純なヤツだな……」

思わず力ないため息が出てしまった。


「ふぅ、だいぶ魔物たちの勢いも収まってきたな」

戦い続けることしばし、俺がそう漏らすと、隣にいたカイザーも頷く。

「ピークは過ぎたのかもな」

それでもまだ魔物たちは湧いて出てくるが、最初の時と比べたらだいぶ勢いが落ちてきていた。

これなら後は時間の問題だろう。

「それにしても……よくもまぁ、ここまでスムーズに片付いたもんだな。一時はどうなるかと思ったが」

「それだけ連携がうまくいっているってことだよ」

カイザーが感心したように呟くので、俺は頷く。

当然だが、みんな経験豊富な冒険者たちだ。

だからこそ、スムーズに動くことができた。

しかも、俺たちの歩幅に合わせて連携をとってくれたから、非常に戦いやすかった。

そこまでの余裕を持ちながら戦えるわけだから、このパーティがいかに優秀か分かる。

「ホント、揃いも揃って化け物だよな。俺らのパーティは」

カイザーはそう言いながら、他のメンバーに視線を向けた。

「特にエレノアさんとステラさんの連携には痺《しび》れたぜ」

「確かにあの二人の戦い方は別格だったな」

周りも相当な猛者揃いのパーティの中でも、あの二人組の存在はまさに異次元とも言える感じだった。

卓越した連携もさることながら、たった一撃で大量の魔物を仕留めていたからな。

動きすら視認できなかったほどだ。

Sランクを冠《かん》するパーティのツートップに相応《ふさわ》しい実力だ。

「こりゃ、本当にこの先で俺たちの出番はないかもな。ははは……」

「否定できない……」

実力不足的な意味でもそうだし、そもそも俺たちの出番が来る前に、他のみんなで敵を倒し終わりそうだ。

まあ、それでも真剣に臨むことに変わりはない。

むしろ他の人に追いつけるように頑張らなくては。

「お疲れ様です、マルク。すごくいい動きですね。流石は団長が認めるだけあります……後少しですが、頑張りましょう」

俺の横にひょこっとハクアが現れ、ニコッと笑顔を向けてくる。

「ハクアもお疲れ様。俺も驚いたよ。君があそこまで強いなんて」

凄まじい攻撃だった。

これで経理担当だというのだから驚きだ。

「うふ、私なんてまだまだですよ。でも褒められるのは好きなので、素直に受け取っておきますね」

妙に色気のある笑顔でそう言ってくる。

これは彼女の素なのだろうか……相変わらず中身が読めない。

そんな彼女の後ろからレックスさんが現れ、豪快に笑う。

「カイザーもいい動きだったぞ！　後は筋トレして飯食って肉体改造をしてムキムキになれば、もっと強くなれるな！　はっはっはっはっは！」

「いえ、ムキムキには……」

結構ですと言わんばかりの反応を見せるカイザー。

確かにこいつがゴリゴリのマッチョになるのは俺も嫌だな……カッコイイとは思うけど。

そんな話をしている間にも、敵の数は減り続けている。

最後の仕上げのために、俺たちも再び戦いに身を投じるのだった。


迫りくる魔物をひたすら地に還し、ようやくレイファンド・ウルフたちの討伐が完了した。

「やっと、完全に収まったか」

「あぁ……勘弁してくれよ。初っ端《しょっぱな》からここまでハードだなんて思わなかったぞ」

回復魔法を使えるメンバーに治療をしてもらいつつ、俺はカイザーと共に息をつく。

カイザーはといえば、おっさんみたいなうめき声を出しながら、地に腰をつけていた。

「俺も少し魔力を使いすぎたかな」

常に魔法を使っていたから、それなりに疲れている。

まだまだ余裕はあるが、またいつ魔物に襲われてもおかしくはない。

この休息の時間に少しでも魔力を回復しておかないとな。

「お疲れ様、マルくん」

エリーがそう言いながら、俺たちの元へとやってくる。

「エリーもお疲れ。やっぱりお前は凄いな。後ろから見ていたけど、まさに敵なしって感じだったよ」

「ステラとみんながサポートしてくれたおかげだよ」

えへへ、とエリーは照れたように笑う。

「ケガとかはない？」

「俺なら大丈夫だよ。ずっと魔法を使い続けていたから、少し疲れが出てきたくらい」

「それなら良かった。ごめんね、本当はわたしが一緒についていてあげたかったんだけど……」

「気にするな。それにいつまでもエリーのお世話になるわけにはいかないからな」

既に魔法の特訓でお世話になっているし。

むしろ一人で対処できない俺が情けなくなってくる。

少なくとも、今の戦闘で俺は感じた。

このままじゃ、到底彼女の隣に肩を並べて立つことはできないと。

夢は幻想のままで終わってしまうと。

「くっ……！」

「マルくん？」

それを改めて思うと、あまりにも悔しくて思わず声が漏れてしまっていたようで、エリーがやや心配そうな表情を見せる。

「ん、ああなんだ？」

「大丈夫？　なんか悩んでいるような感じだったけど」

今の一瞬で俺の異変に気付いたのだろう、流石の観察眼だ。

しかし心配をかけるわけにもいかないので、笑顔で返す。

「いや、大丈夫だ」

「ならいいけど……あ、これ、飲むといいよ。魔力が回復するから」

「あ、ああ……サンキューな」

差し出してきたのは小瓶に入った液体だった。

「これはポーションか？　でもなんか色が違うような……」

本来ポーションは青色をした液体だが、小瓶には赤色の液体が入っていた。

「これはリカバリー・ポーションっていうんだけど、普通のポーションとは少し違って治癒能力《ちゆのうりょく》だけじゃなく、魔力回復の効果もあるの。ギルドハウスの素材庫から持ってきたんだ」

「あのやたらと広い倉庫か」

そういえば、出発前にアイテムを色々見せてくれたけど、その中にこの瓶もあった気がする。

ギルドハウスから持ってきたって言ってたけど、あの素材庫の中にポーション類もあったんだな。

……素材庫といえば、ハクアに襲われかけた場所でもある。

あの時は本当に……

「むむっ、今何かいかがわしいことを思い出してたね？」

ジト目を向けてきたエリーに、思わず弁明する。

「い、いや？　俺は別に何も？　てかあれは、俺は被害者で……」

「お、なんだなんだ？　お前、もしかして――」

「何でもない！　何でもないぞ！」

話題につられて、カイザーが会話に入ってくるやいなや、すぐに追い返した。

こいつにだけはあの話を知られるわけにいかない。

もし聞かれれば、騒ぎになること間違いなしだ。

「怪しいなぁ……絶対何かあっただろ？」

「な、なんでもないから！　お前は黙って回復しとけ！」

「え、ちょっ！　なんだよ、気になるじゃねぇか！」

俺は全力でカイザーを追い返す。

その脇には、見るからに楽しそうにニヤついているハクアの姿があった。

そうか、カイザーをこっちにけしかけたのはハクアだな。

完全に俺で遊んでるな……吸血鬼じゃなくて、小悪魔のほうが正しいんじゃないのか？

そんなことを考えながらカイザーとやり取りする俺を、エリーが苦笑しながら見ていた。

「カイザーくんは相変わらず元気だね」

「元気すぎて困るくらいだよ……」

でもその活気に度々救われてきたから、悪くは言えない。

「エリー、そのポーション貰ってもいいか？」

「もちろん！　これ飲んで、もうひと踏ん張りしよっ！」

座る俺に身体を預け、微笑みながら小瓶を渡してくるエリー。

その笑顔に癒されながらも、俺は豪快にポーションを一気飲みした。

「ふぅ、少しだけ身体が軽くなったよ」

「良かった。まだまだ調査は始まったばかりだから、無理はしないようにね」

それからしばらくして休憩を終えた俺たちは、更に森の奥へと進むことになった。

今度はより効率を上げるため、二手に分かれて調査を開始する。

団長のエリーと副団長のステラさんをそれぞれリーダーとして二つのチームを作り、担当範囲を決めて事件の原因を探るというものだ。

ちなみに、俺とカイザーはエレノアチームに加わることになった。

「——この辺も異常なまでに魔力濃度がかなり高いね」

「ああ、流石の俺でもここまでくれば違和感を覚えるな」

奥まで進んでいくと、とてつもない不快感が身体に伝わってきた。

息苦しささえ感じるほどだ。

これが魔力濃度による影響みたいだが、俺でも感じられるほどになったということは、相当ヤバいことを意味する。

想像以上の魔力で汚染されているということだ。

「さっきの魔物も、おそらく森から不自然に放出されている魔力を養分にしていたんだろうね」

「個々の戦闘力が高かったのもそのためか」

「多分ね。そもそもレイファンド・ウルフ程度の魔物があそこまで戦闘力が高いのは不自然だよ。一部は魔力の供給過多の影響で変異を起こしていたみたいだし」

俺も前に通常個体と戦ったことはあるが、確かに決して強い部類の魔物ではない。

でもさっき戦ったレイファンド・ウルフは、今まで戦ってきたものに比べ、明らかに強かった。

その上、徒党を組んで襲ってきたわけだから、みんなとの連携なしでは対処しきれなかっただろう。

一応怪我人はいなかったが、何度か危ない場面もあったし。

その時、前方から副団長のステラさんが俺たちの元に走ってきた。

「エレノアー！」

さっき別れたばかりなのに、一体どうしたんだろう。

「ステラ、どうしたの？」

エリーの問いにステラさんは表情を引き締める。

「見つけたわ、例の足跡を。とにかく来て」

そう言い放つと、俺たちをその場所へ案内するのだった。

「これが例の……確かに見たことない形ね」

「事前に貰った足跡の情報とも一致している。多分これで間違いないわ」

エリーとステラさんの会話を聞き、俺も足跡を見てみるが、二人の言う通りだった。

ここまでの大きさのものは俺は見たことがないし、ごまんと魔物を狩ってきたであろうエリーですら、首を傾げている。

「足跡はここから先に続いています。しかもかなり新しい」

「ステラ、例のやつ、できる？」

「ええ。情報開示《ディスクロート》」

ステラさんは足跡に手を翳すと、情報開示《ディスクロート》という鑑定魔法を使用する。これは、目には見えない透明な情報を可視化することのできる、高等な魔法だ。

しかし、どの程度の痕跡《こんせき》かによって見られる情報が変わり、今回のように足跡程度であれば、おそらく見られるのは、いつここを通ったか程度の情報だろう。

「……十分前ね。多少誤差はあると思うけど」

「じゃあ、例の魔物はもうすぐそこってことね。先へ進みましょう」

エリーたちはそう言うと、足跡を目印にスタスタと歩いていく。

その途中、俺は思わずステラさんに話しかけた。

「ステラさんは鑑定魔法を使えるんですね」

「ええ、まぁ。見よう見まねで覚えたものなので、どこまで正確なものか分かりませんが」

見よう見まねで鑑定魔法を覚えたって……やっぱ格が違う。

鑑定魔法は適性が有無を言う魔法だから、そもそも覚えられているだけでも凄い。

実は俺もだいぶ前に習得しようとしたことはあるんだけど……結果は聞かないでくれ。

それから俺たちは、迷いなく真っすぐと続く足跡に導かれるように進んでいたのだが、すぐに異変が起こった。

「霧が出てきたな……」

移動を開始してから数分、辺り一面には霧のようなものが発生し始めた。

それも普通の白い霧ではない。

紫色をした、不快極まりないものだった。

「なんだよ、この霧は。てか吸っても大丈夫なのか？」

カイザーは毒霧か何かを疑っているようだが、可能性はある。

今のところ、身体に変化はないからいいが。

「すごい魔力濃度だね。下手したらさっきよりも強いかも」

確かにさっきとはどうも雰囲気が違う。

辺りに魔物の気配もないし、一体どうなってるんだ？

「エレノア」

「ええ」

先頭にいたステラさんとエリーが不意に立ち止まると、一瞬で臨戦態勢を整えた。

周りも何かを察したのか、表情を険しくさせる。

「エリー、どうしたんだ？」

「しっ、前からすごい魔力反応を感じるの」

それだけ言うと、じっと前だけを見つめるエリー。

俺もそれに準じて、身構えていると——

——ゴッ!!

爆音と共に、前方から何かが飛んできた。

「あれは、雷撃!?　——ステラッ！」

「無効障壁《インバルト》！」

ステラさんの防御魔法で、雷撃は防がれる。

次の瞬間、轟音でぼーっとする鼓膜《こまく》に、妙に鮮明に、小さな足音が響いてきた。

「な、なんだ……？」

構える俺たち。

足音はどんどん大きくなっていく。

霧のせいで先は見えないが、足音だけははっきりと聞こえてくるのだ。

「ようやくのお出ましね」

エリーがニヤリと笑うと同時に、黒い影が霧の中から現れた。

その影が近づくにつれて、ビリリッと何かがはじけるような音が聞こえてくる。

「おい、マルク……」

「ああ、ありゃヤバいな」

カイザーの緊張した声に、俺も息を呑んで頷く。

黒い影の正体が、目の前で露わになっていた。

体高は優に俺たちを超える、四足歩行の獣だ。

白銀に光り輝く体毛と、額から伸びる二本の角。全身が発光しているのは、おそらく電流が体表を流れているからだろう。

その幻想的な佇まいは、物語の世界に出てくる霊獣《れいじゅう》のようだった。

そしてその口元には、赤黒い血痕《けっこん》のようなものがついていた。

……なるほど、アレが人の血かどうかは分からないが、もう事後ってわけか。

その姿を見ると、奥底から恐怖に近い感情が湧き上がってくる。

「電流を纏う魔物……中々面白そうな敵ね」

「ええ。わたしも興味があります」

「ふふふっ、遊び相手にはもってこいですね」

「俺様の筋肉が唸りを上げるぜ！　マァァァァァァッスッルゥウウ！」

しかし、そんな俺とは対照的に、エリーたちはやる気満々だった。

見知らぬ敵に好奇心が湧いてきているようだ。

――GYAAAAAAAAAAAAAAAAAAAAAAAA！！

謎の魔物は甲高《かんだか》い咆哮《ほうこう》を上げると、雷撃を辺りにまき散らした。

木々が一瞬にして焼け落ちる。

まるで自分の力を見せつけているかのようだった。

「みんな、陣形を組んで！　アレをやるよ！」

このパーティでの大規模攻撃の方法があるのだろう、エリーの一声で即座に組まれる攻撃陣形。

だが、俺はそれに待ったをかけた。

「待ってくれ、エリー」

「マルくん？　どうしたの？」

……俺が今から言うことは、とんでもないと笑われるか、怒られるかもしれない。

それでも今、言わなければならないと思った。

「エリー、お願いだ。あの魔物の討伐、俺にやらせてくれないか？」

「やらせてって一人で？」

「ああ……」

さっきの戦闘で俺は思ったんだ。

このままじゃ、俺は一生彼女の隣に立てない。

だったら自分から動くしかない。

あんないかにも危険な敵と一人で戦うなんて、無茶なことを言っているのは分かっている。

でも、これはチャンスなんだ。

自分を変えるための、そして過去の弱くて情けない自分を払拭《ふっしょく》するための。

「お、おいマルク！　お前何言ってんだ？　あんなの一人でやれるわけないだろ！」

即座に否定的な意見を出すのはカイザーだ。

でもそんなことは百も承知だ。

俺はそれを知った上で、エリーに頼んでいるのだから。

エリーはといえば、少し驚いているようだったが、すぐに笑顔を見せた。

「分かった。いいよ」

まさかの一言が、エリーの口から出てきた。

当然、ステラさんが慌てたように声を上げる。

「エレノア！　流石にそれは荷が重すぎるわ！　彼のレベルじゃ……」

「ええ、分かっているわ。でも彼の目は本気なんだもの」

エリーが再び、俺の方を向いた。

「そうだよね？　マルくん？」

「……もちろんだ」

もし軽い気持ちでこれを言っているのなら正気の沙汰《さた》ではない。

しっかりと覚悟を決めた上での言葉だ。

それに、エリーは俺の気持ちを察してくれているように思えた。

「――みんな、聞いて。今回は彼にこの場を任せるわ。わたしたちは、彼の援護と周辺の魔物の警戒をする。最高の戦闘環境を彼に提供するのよ！」

エリーがそう言うと、皆は一同に頷いた。

俺のわがままを聞いてくれたのだ。

「ありがとう、エリー」

「ううん、大丈夫。その代わり、本当に危なくなったら助太刀《すけだち》するからね」

「分かった」

俺が力強く頷くと、カイザーが慌てて俺たちの間に入ってくる。

「おいおいおい、ちょっと待ってくれ！」

カイザーは、エリーの方に目線を向けた。

「エレノアさん、俺にもやらせてください！」

「か、カイザーくんも!?」

「ええ。あとマルク！」

「な、なんだよ……」

エリーに対しての態度とは打って変わって、カイザーは強い口調で俺の方を向く。

「一人だけ格好つけやがって！　俺も混ぜろ！」

「で、でも……」

「お前一人じゃ心配なんだよ！　それに俺だって、いつまでも自分の殻に閉じこもったままってわけにはいかねぇ。だからここは新人《ルーキー》同士、力を合わせようぜ！」

彼もまた、変わりたいのだろう。

想いは一緒だということか。

「……分かった。エリー、いいか？」

「もちろん。人数は多い方がいいし、何より連携の練習にもなるからね」

エリーにも許可を貰い、これでカイザーの参戦が決まった。

「カイザー。隣、頼めるか？」

「あたぼうよ！　一緒に踏み出そうぜ、夢への第一歩ってやつをな！」

がっちりと結ばれた絆。

昔から変わらない友情。

これがあれば、絶対に負けはしない。

俺はそんなことを改めて感じながら、魔物に戦意の刃を向けるのだった。


戦いはすぐに始まった。

何せ俺たちが話している間、敵はばっちりと準備を終えていたようだ。

俺たちが身構えるなり、即座に雷撃を放ってきたのだ。

「くっ……！」

「マルク、そっちに行ったぞ！」

互いに声をかけ合う戦場。

「くっ、またあの雷撃か！」

防御魔法では対処しきれない威力なので、ここは避けるしかない。

予想される雷撃の進路から回避行動を取るが――

「ううッ！」

雷撃が少しだけ肩をかする。

「大丈夫か!?」

「なんとか……」

心配するカイザーにそう返すが、掠《かす》っただけなのにかなりの威力だった。

あんなのが直撃したら、確実に三途《さんず》の川を渡ることになるな。

「無理すんなよ。俺が頑張って注意を引くから、お前は魔法詠唱に集中しろ！」

「分かってる」

分かってはいたが、現実はそう甘くない。

幸いなことに、長いこと一緒に冒険者をやっているカイザーとの連携は取れているので、まだ戦えている。

「この野郎！」

カイザーがあえて声を上げながら切りかかり、俺に向いていた魔物のヘイトを、一身に受け止める。

その間、俺は魔法詠唱に入る。

やはりカイザーがいてくれて良かった。

一人だったら、相当きつかっただろう。

特に俺は物理職ではないから、尚更だ。

——GYAAAAA！

「マルくん、よけて！」

「ぐぅッ！」

なんとか間一髪のところで、雷撃をよける。

当然だが、魔物《むこう》は俺たちに容赦なく殺戮《さつりく》の鉄槌《てっつい》を喰《く》らわせてくる。

思わず俺は声を漏らす。

「体表の雷のせいか、思っていた以上に魔法がろくに効かない。体毛も硬いのか、カイザーの剣による攻撃もまるで受け付けていない。このままじゃ……」

相手の勢いを見るに、まだまだ余力はありそうだから、体力切れや魔力切れは狙えないだろう。

要するに、このままいけば負け戦だ。

「くそっ！」

それでも、歩みを止めたら瞬殺される。

考えろ、考えるんだ。

奴に対抗するには……

「マルくん、来るよッ！」

「——ッ!?」

雷鳴が轟いた時、俺は状況を察した。

ただ、一瞬……一瞬だけ考え事をしていただけなのに……

「うわぁぁぁぁぁッ！」

「マルクぅぅぅぅッ！」

広範囲に落雷が発生し、俺はその一部に直撃してしまった。

「マルくんっっ‼」

最後にエリーの叫びを聞いたところで、俺の頭の中は真っ白になった。

「うぅ……あぁ……」

身体から力が抜けていく。

もう痛みすらも感じなかった。

身体全体の感覚が無くなったかのように、ふわふわとした感じだ。

俺はこのまま、死ぬのか……？

無能のまま、情けなく。

「マ……くん……っっ！」

ああ、誰かの声が聞こえてくる。

だが視界は真っ白で、辛うじて影のような者が見える程度だ。

分かるのは、誰かがこっちに走ってくる……それだけ。

でもなんだろう、その後も何度も聞こえてくる。

あの、聞き慣れた声が。

「マルくん！　目を覚ましてっ！　お願いだからっ！」

え、エリー……なのか？

「マルくんは絶対にこんなところで負けたりしない！　だって……！」

エリー……

「あなたはわたしが選んだ……大切な人なんだからっ！」

……そうだ。

俺は誓ったんだ。

このパーティに相応《ふさわ》しい冒険者になるって。

そして、俺なんかを選んでくれた彼女の……エリーの隣に立てるような頼もしい男になると。

負けられない……いや。

「負ける……わけにはいかない、絶対に！」

刹那《せつな》。

意識が鮮明になり、視界も、身体の感覚も戻ってくる。

「ま、マルくん？」

「悪い、エリー。少し夢を見ていた」

目を覚ますと、俺の頭はエリーの膝元《ひざもと》にあった。

俺はすぐに起き上がる。

「ま、マルくん？　ほ、本当にマルくんなの……？」

だがエリーの様子がおかしい。

なぜか驚いた顔で俺を見てくるのだ。

でもなんだろう。確かに何かが違う。

力がみなぎってくるというか、身体全体に何かが憑依《ひょうい》した感じというか……

いや、今はそんなことはどうでもいい。

俺が今すべきことは……

「……カイザー！」

見ると、近くにはボロボロになって倒れたカイザーが治療を受けていた。

「ま、マルク……良かった、生きて……たんだな」

おそらく俺がやられた後、必死に守ろうとしてくれていたのだろう。

カイザーはそう言うと、そのまま眠ったように気絶した。

「カイザー……！」

震える拳を押さえ込み、俺は奴を——魔物を見る。

肝心のあの野郎はまだピンピンしているみたいで、代わりにステラさんたちが応戦していた。

俺はまっすぐにそちらに向かうと、ステラさんに声をかける。

「ステラさん、後は俺に任せてください」

「……！　マルク……さん？」

ステラさんは俺を見るなり、エリーと同じ反応をする。

それはハクアたちも同様だった。

魔物と戦いながらではあるが、ちらりと俺を見ては、驚きの表情を浮かべていた。

「ステラ、彼に任せて！」

背後からエリーの声がかかると、ステラさんたちは引いてくれる。

急に集団が引いたのを警戒しているのか、魔物の追撃はない。

「……ありがとう、エリー」

俺はそう一言呟くとまっすぐに敵を見据える。

「おい、クソ野郎。よくも俺の相棒を傷つけてくれたな？」

——GYAAAAAAAAAAAAAAAAA！

そんな俺の言葉に、魔物はまるで動じない。

それどころかいかにも見下し、バカにするような視線と威嚇の声を向けてきた。

まるで、あいつと同じだ。

「……調子に乗るなよ」

その瞬間、俺の中で何かのタガが外れるような感覚があった。

自分なりに抑制し、封印していた、内なる獣の感情――闇《やみ》に満ちていた俺の本音が、溢れだしてくる。

「覚悟しろよ。てめぇはここで確実にぶっ潰す！」

魔力操作の要領で、身体全体に魔力を纏わせるイメージを強く持つ。

すると、俺は全身から黒いオーラが立ちのぼっていることに気付いた。

加えて、今俺が身に纏っている魔力は、このレヴァの森に満ち、侵食していた高濃度のそれであることが感覚的に分かる。

「な、何が起きているの……？」

「彼の元に魔力が集まっている。あんなの見たことがない……」

「聞いたことがあります。かつて神と人間と魔族が争った神話の時代、魔力の全てを完全に支配し、その手に力の全てを収めた賢者《けんじゃ》がいると」

エリーとステラさん、ハクアたちのそんな声が聞こえる。

彼女たちですら、何が起きているのか分からないのだろう。

俺だって、何が起きているか分からない。

ただ、湧き上がってくるのは、情けない自分に対する怒りと悔しさ、そして、かつての――

【黒鉄闇夜《ブラリオン・ダークネス》】にいた頃の苦しい記憶。

それが混沌《こんとん》と化し、今の俺が出来上がっている。

とはいえ、目的は変わらない。

俺はこいつを……

――GYAAAAAAAAAAAAAAA!!!

再び響く咆哮と雷鳴。

ジリジリと近づく俺を蹴散らそうと、怒濤《どとう》の雷撃を繰り出してくる。

「危ない、マルくん……っ!」

忠告するエリー。

だがそれは無用な心配だ。

次の瞬間、迫る雷撃は俺の目の前で弾かれた。

一発、二発、三発と、次々と雷撃は俺の前から消えていく。

「ら、雷撃を……?」

「全て、跳ね返している……?」

「いえ、跳ね返しているわけではないです。彼は――あの雷撃を自らの魔力に変換しています!」

エリーとステラさんの言葉に、ハクアが驚愕の声を上げる。

――GUUUUUUUUUU!

迫る俺に何かを感じたのか、向こうも一撃の威力を強めてきた。

より太く、力強い閃光《せんこう》の刃が俺の頭上から降り注ぐ。

「……！」

しかし俺は、それすらも一瞬で消し去る。

天へ向かって突き上げた手のひらに吸い込まれていくように、雷撃は消滅した。

「高密度の魔力に触れた雷撃が吸収されている？　あの力は一体……」

そんなエリーの愕然《がくぜん》とした声色の呟きを耳にしながら、少しずつ突き進む。

一歩一歩、噛みしめながら。

あの時の記憶を。

味わった辛さ、そして虚しさを。

「……もう誰にも、俺を無能だなんて呼ばせない。新しくできた仲間のため、傍でずっと支えてくれた相棒のため、ダメになっていた俺を認めてくれた大切な人のため、そして――叶えたい夢のために……！」

まっすぐに、目の前の敵を見据える。

「俺はお前を、全力で叩きのめす！」

俺は再び、手を天に翳す。

すると無数の光が集まり、俺の身体に入り込んでいく。

「力が溢れてくる……」

おそらく今の俺の力は、相手の魔力を取り込むことで、更なる力を発揮するという類《たぐい》のものだ。

細かいことはまだ定かではないが、確実に言えることは……

「今の俺の力はさっきとはまるで違うってことだ！」

翳した手に、溢れんばかりの魔力が溜まっていく。

向こうも警戒状態に入ったのか、薄白い膜《まく》のようなものを身体に覆うように形成した。

更にその膜に魔力が集まっていき、厚く頑丈になっていく。

「結界か。なら、それごと吹き飛ばすだけだ」

キャパシティをはるかに超える魔力が、全身から流れていくのを感じる。

魔力の流動で空気がピリピリと震える。

その圧を感じ取っているのだろう、結界の向こうの魔物が焦り始めたことが分かった。

あのレベルの魔物にもなれば、多少の知恵はあるみたいだ。

――GYAAAAAAAAAA！

恐怖を感じているのか？

先ほどよりも、威嚇にキレがないように感じる。

だが、そんなことは俺には関係ない。

ただ俺は、持てる力のすべてをあの野郎にぶち込むだけだ。

俺は右手を敵に向け、更に魔力を込める。

膨れ上がる相手の力に対抗するように、俺の魔力も増えていく。

相手の結界は、俺の魔力の圧で少しずつ削られていた。

もう少し、もう少しだ……

「くっ……！」

右手が焼かれたように熱くなり、同時に激痛が走る。

でもここで止めるわけにはいかない。

俺は【聖光白夜《ルークス・ホーリーホワイト》】に入ってから、ずっとエリーと一緒に特訓してきた。

今思えば、今までの特訓は、この瞬間のためにしてきたのかもしれない。

まだまだ学ぶべきことは多いけど……

「少しくらい、成果を見せないと……」

エリーに申し訳ない。

というか、一人の男として情けない。

今度は俺がエリーを守れるような人間にならないと。

「気合いを見せろ、俺ッッ！」

俺の危険な賭けに賛同してくれたみんなに答えるためにも、ここで。

「終わらせる……！」

不撓不屈《ふぎょうふくつ》の精神を身に宿し、俺は右手を前に翳す。

「全てを切り裂く撃滅《げきめつ》の刃よ、大いなる魂を解放せよ……破壊詠唱《デストロイ・リザーブド》・第零式《だいぜろしき》——根源破壊《ルート・オブ・イレーズ》！」

脳内に浮かんできた言葉を詠唱した瞬間、魔力の刃が魔物へと迫る。

同時に、大量の魔力を一気に放出したことによる、想像を絶する負荷が俺の身体を駆け巡った。

「うぐっ……！」

強烈な痛みが神経を通って俺へと伝わってくる。

だが、それでも俺は右手を下ろすつもりはない。

「奴を消し去るまでは！」

俺の想いに呼応するかのように、その一撃は更に威力を増す。

そして、結界ごと全てを食らいつくすように魔物を消滅させた。

「……やった、のか……？」

魔物が消えた直後、森に漂っていた不快な霧は消えていった。

同じように、俺の身体に纏う魔力の流動も少しずつ収まっていき、やがて真っ黒なオーラも消滅した。

「やった、俺は……！」

だが、俺の身体はもう限界寸前だった。

いつしか右手は血まみれになっており、感覚すらも残っていない。

「へ、へへ……流石に無理をしすぎた……みたいだな」

頭もぼーっとして、まるで何かの夢から覚めたばかりのような感覚だった。

しかしここは現実だと主張するかのように、仲間の声が俺の意識を繋ぎとめる。

「マルくん！」

後ろからエリーたちが走る足音が聞こえる。

倒れかけた俺を、エリーがぎゅっと抱きかかえてくれた。

「エ、エ……リー」

意識が朦朧《もうろう》とする中、俺は掠《かす》れた声で彼女の名を呼ぶ。

「バカっ……無理しすぎだよ」

エリーの眼には涙が浮かんでいた。

視界はだいぶぼやけているから、よく見えないけど。

でも泣いているのは確かなのだろう。

そっと添えてくれた彼女の手とその声は、小刻みに震えていた。

「ホント、バカなんだからっ……」

エリーの視線は俺の右腕に向いていた。

その声で、どれだけ心配をかけたか、俺でも分かった。

「ごめ……んな」

静かに謝る。

するとエリーは更に俺を強く抱きしめる。

「よく、頑張ったね」

優しい声で、そう言ってくれた。

その言葉を聞いて、心の底から色々な想いが湧き上がってくる。

今までずっと無能扱いされてきたけど、ようやく俺は誰かの役に立てたんだなって。

その想いだけで、俺の眼には自然と涙が出てきていた。

「マルくん？」

心配するエリーに俺は「大丈夫」と一言言う。

でも、一つだけお願いを言うのなら……

「ちょっと……休んでも……いいか？」

俺がそうお願いすると、エリーは可愛らしく微笑んだ。

「うん……いいよ」

そして、俺は静かに目を瞑る。

エリーの腕の中で、しばらく身体を休めるのだった。

最終章　ホワイトパーティ

「いってぇーーーーー！」

「ほら、動いちゃダメ！　治療できないでしょ！」

激闘から少し経って、意識がハッキリしてきた俺は、エリーに治療をしてもらっていた。

意識を取り戻したカイザーも命に別状はなかったそうで、隣でステラさんの治療を受けている。

「はぁーあ、俺も見たかったな。マルクがすんごいことになっているところ。てか結局、俺なんにもしてないし」

「そんなことはない。あそこまで辿り着けたのはお前が俺を守ってくれたからだ。本当に、ありがとうな」

「な、なんだよ、そんな真剣な顔で礼を言いやがって。気持ち悪いな！」

ひどい。俺はただ礼を言っただけなのに。

「それより、腕は大丈夫なのか？」

「まぁ、なんとか致命傷は避けられたってとこだ」

一番重傷なのはやはり右腕だった。

自分の許容範囲以上の魔力を使ったからか、骨の一部が折れていたらしい。

むしろ、あそこまで限界を超えてこの程度で済んだことが凄いとエリーに言われた。

「ホント、右腕が吹き飛んでいてもおかしくなかったんだからね」

「悪い……」

もうこれを言われるのは三回目だ。

エリーの言う通り、あのままの状態が続いていれば、腕が吹っ飛んでいてもおかしくなかった。

腕が千切れれば、いくら高位の回復魔法が使えるエリーでも修復することはできない。

骨折も重症化はしていなかったみたいだから、回復魔法でなんとかなった。

ここにきて、ブラックパーティで培《つちか》った身体の丈夫さが活きてきたわけだ。

そういった意味を込めて、彼女は口うるさく言ってくるのだろう。

そんな彼女の警告を聞きながらではあったが、治療は一通り終わった。

「はい、これで終わり。あとは安静にしていれば自然に回復すると思う」

「ありがとう、恩に着るよ」

「でも応急処置の段階だから、お医者様には診てもらうよ。もしかしたら見えないところに傷があるかもしれないし」

「え、別にそこまでしなくても――」

「行くのっ！」

「はい……」

今のエリーは妙に厳しかった。

言っていることはもっともなんだけど、少し大袈裟なような気もする。

そんなことを思っているとエリーはジト目を向けてくる。

「なんだか、大袈裟じゃないかって言いたげな顔だね」

「うっ……！」

まさかの一言に言葉が詰まってしまう。

というか、ここまでピンポイントに人の思考を当ててくるとかある⁉

「やっぱすごいな、エリーは……」

「え、何が？」

「まぁ色々と……」

能力のある人ってなんか怖い人が多い気がする。

まぁ、その程度は良くも悪くもって感じだが。

「とにかく今は早くリールに戻りましょ。諸々のことはその後！　そろそろ補給しないと流石にヤバいし」

「補給……？」

「いずれ分かりますよ」

エリーの言葉に俺が首を傾げていると、ふふっとステラさんが笑う。

その笑顔で、何が深い理由があるのだと悟る。

その後、俺たちはエリーの指示で、レヴァの森を後にした。

リールの街に着くと、すぐにギルドや今回の依頼の関係者に状況を説明した。

話を聞いたギルド関係者によって、すぐに調査団による森の再調査が決定。

俺たち【聖光白夜《ルークス・ホーリーホワイト》】の依頼は、その時点で終了となった。

そして翌日、俺たちはギルドに呼び出された。

依頼終了に際して、一人ずつシラード公爵から激励の言葉をいただいたわけだが……みんなは言葉の内容よりも、報酬に興味津々《きょうみしんしん》な様子だった。

それもそのはず、一人につきかなりの報酬が支払われたからだ。

その額はなんと、前のパーティで活動していた時の一か月の収入の倍額だった。

まあ、リナに搾取《さくしゅ》されまくっていたから、前の月収なんてあまり参考にはならないが……一か月毎日働いた報酬の、しかも倍額を、たった一回のクエストで貰うことができたのだ。

これにはカイザーも驚きを隠せなかったようで、終始テンションが爆上がりだった。

そしてそのまま、流れるようにパーティメンバーと繁華街《はんかがい》へ消えていった。

あんなことがあったばかりなのに元気だな、とちょっと呆れたのは内緒だ。

ちなみに俺は、そのあたりの報酬を受け取った後は、エリーに言われていた通り、病院に向かうことにした。

念のため検査入院で一泊し、出てきた結果は——最低一か月の安静と、鎮痛薬の処方。

やはり相当無理をしていたらしい。

むしろたった一か月の療養で済んだのは、エリーが限界まで治療をしてくれたおかげだろうし、医者にもそう言われた。

「後でちゃんとお礼を言わないとな……」

そう呟きながら病院を後にすると、見覚えのある顔が外で待っていた。

「エリー？　こんなところで何しているんだ？」

「なにを……って、マルくんを待っていたのよ。ちょっと用があって」

「待っていたって、よくここが分かったな」

「まあ、大きい病院っていったらここが有名だからね」

なるほど、そういうわけか。

今日のエリーはいつもとは違い、私服姿になっていた。

白いシャツとひらひらのついたマントを身につけ、ふわふわとさせた髪を下ろしている。

そして下はこれまたひらひらのスカートに、足下はモコモコとしたブーツを履《は》いていた。

私服のエリーは一段と可愛いな……

いつもは可愛さと美しさを兼ね備えた感じだが、今日は可愛さに全力投球したような感じだ。

元々優れた容姿を持つエリーだが、服装と髪型でこんなにも印象が変わるとは。

「……似合っているな、その格好」

「え？　あ、ああっ……ありがと」

突然俺が褒めたからか、鳩《はと》が豆鉄砲《まめでっぽう》をくらったような顔をするエリー。

「エリー？」

「へっ？　あ、いや、その……なんでもない！　ちょっと考え事していただけだから！　別にいきなり服装を褒められてすごく嬉しかったとか、そんなんじゃないから！」

……ヤバい、この子すごく可愛い。

言ってからじわじわと来たのだろう。

エリーは耳まで真っ赤に染め上げ、全力で照れを隠していた。

必死に隠そうとしているが、バレバレである。

「そ、それよりも！　診断の方はどうだったの？」

「案の上、注意の嵐《あらし》だったよ。しばらくは安静にしとけってさ」

「そっか。なら言われた通り、これからは安静にしてないとダメだよ？　クエストも療養期間中は禁止にするから」

まさかの言葉に、俺は目を見開く。

「え、簡単な採取クエストとかでもダメなのか？」

「もちろん！　もし途中で魔物に遭遇《そうぐう》したらどうするの！」

「で、でもその……生活もあるし、お金がないと……」

俺の場合、独り身だから尚更だ。

一応今回の報酬で結構貰ったけど、一か月も仕事ができないなんて――

そう思って渋っていると、エリーが胸を張って言った。

「それなら安心して！　その間はわたしがマルくんを養うから」

「……え？」

今、この子なんて言った？

色々ととんでもないワードが飛び出した気がするんだが……

「養うって……どういう？」

念のため、確認を取る。

「言葉通りの意味だよ。わたしがマルくんの援助をするの。お金関係から、生活までね。ケガ人なんだから、これくらい――」

「なら、私もやります」

「え、ハクア!?」

またも突然、俺たちの意識外から黒髪美少女が登場する。

そんな彼女に、エリーがジト目を送る。

「貴女って本当に神出鬼没《しんしゅつきぼつ》ね。いるなら一声かけてよ」

「いきなり登場して驚かせるのが醍醐味《だいごみ》なので」

悪びれもせずそう言うハクア。

まぁ、確かに彼女はそういうのが好きそうだな。

突然肩をポンと叩かれたら後ろにいることもあったし。

でもやられた方からすれば、軽いホラーなんだよなぁ……

「というか、私もやりますってどういうこと？」

「そのままの意味です。私もマルクを養います」

ハクアの神出鬼没さに意識を囚われていたが、本来はこっちに驚くべきだった。

「養うって、冗談……だよな？」

「いえ、私は至って本気です」

いやいや、だからなんでそうなる⁉

「正気なのか？」

「正気です」

「目的は？」

「貴方の血です」

「うむ、正直でよろしい。って、ちがーーう！」

いやまぁ正直なのはいいことだけど！

「養うなんて、別にそこまでしなくてもいいんだぞ？　確かに今はケガ人だけど、そこまでされるほど生活ができないわけじゃないし……」

「それでも安全策を取った方がいいんだよ。もし事故とか事件とかに巻き込まれたら大変だし」

「その通りです」

エリーの言葉にハクアも頷いてるけど、普通に生活をしていて、そんな簡単にトラブルに巻き込まれるのか？

確かに可能性はゼロではないだろうけど。

「とにかく、マルくんはわたしが養うから！　そもそもマルくんに怪我をさせてしまったわたしの責任だし！」

「それなら私も同様です。エレノアさんだけの責任じゃありません」

「お前ら……」

二人が俺を養いたいという気持ちはそういうことだったのか。

俺も逆の立場になれば、似たようなことを言うのかもしれない。

でも、そこまでしてもらうのは申し訳ない。

二人とも自分の生活だってあるんだし。

だから……

「二人とも、俺は別に――」

「マルくんは少し黙ってて！」

「マルクさんは静かにしていてください！」

……あれぇぇぇ？

一気に扱いが雑になったような……

「あら、マルクさんではないですか」

「ステラさん！」

道の反対側から、これまた私服姿のステラさんが現れる。

いつもの星の髪飾りをつけ、上はセーター、下はロングスカートという格好のステラさんは、エリーとは少し違って大人の女性といった印象を受ける。

「買い物ですか？」

「はい。ちょうど食材を切らしていたものですから。マルクさんたちは何を？」

「実は……」

俺はステラさんに事情を説明する。

「はぁ、そうでしたか。それは災難でしたね。少し待っていてください」

そう言うと、ステラさんは彼女の登場に気付かずにやりあっている二人の元へ向かう。

そしてステラさんが何事か声をかけると、場の空気が一気に変わった。

それから少し経つと、なぜか二人は顔を真っ青にしながら、震えていた。

一体、何を言ったんだ？

気になるが、あの二人が震え上がるほどのことなのだから、結構なことを言われたのだろう。迂《う》闊《かつ》に聞かない方がいい気がする。

しばらくして、ステラさんは俺の方を向くと口を開いた。

「マルクくん、一か月療養の件は把握しました。その間ですが、療養手当が支給されますので、ご安心ください。それでも足りなかったら、特別追加手当を支給させていただきます」

「ほ、本当ですか!?」

「もちろんです。その怪我はパーティのために得た名誉の傷ですから。むしろ我々はもっと貴方に恩を返さないといけないくらいです」

ステラさんは続ける。

「それに、パーティメンバーが豊かな生活を築けるようにすることは、組織として最優先すべきことですから。その他、生活に困るようなことがあれば遠慮なく言ってください。最大限、サポートしますので」

「ステラさん……ありがとうございます！」

今までの冒険者生活で、ここまで親身に寄り添ってもらったことがあっただろうか？

あのクズ野郎《リーナ》だったら、口が裂けてもこんなことは言わないだろう。

むしろ根性が足りないと、躾《しつけ》と称して搾取しまくり、貶《おとし》める可能性が高い。

そう思うと、俺はかなり恵まれた環境に身を置けたんだなと改めて実感する。

「はぁ……せっかく距離を縮めるチャンスだったのに」

「血を貰えるチャンスだったのに……」

なんか奥の方で、エリーとハクアがしょんぼりとしている。

その姿を見ると、なんだか申し訳なくなってくるな。

理由はなんであれ、二人だって俺のためを思って言ってくれたんだから。

……あ、一部撤回。ハクアの場合、半分は私欲だった。

「ま、まぁ……養われるのはあれだけど、手伝いとかはしてもらおうかなぁ。引っ越ししたばっかでまだ荷解《にほど》きできてない荷物もあるし」

「ホント⁉　ならそれはわたしがやるわ！」

「いえ、私がやりましょう。こう見えて前まで転勤族だったので、引っ越し作業は慣れっこです」

うわ、食いつきすご！

でもここまで言うのだから、二人には協力してもらおう。

「その代わり、二人で一緒な？」

「わ、分かった」

「本当は二人きりが良かったですが、まぁいいでしょう」

ちょっとだけ不服そうな感じだったが、了承してくれた。

俺的にも個人的なことで人手が必要だったから、ちょうど良かった。

「それより、エレノア。そろそろ行かなくて大丈夫なのですか？　高級スイーツ店、先着限定食べ放題プランが始まってしまいますよ」

「あ、そうだった！　早く行かないと！　マルくん、行くよ！」

「えっ、俺も⁉」

ステラさんに言われて、エリーは思い出したかのように俺の手を引っ張ると、そのままスイーツ店に直行。

勢いのままに、スイーツを食べる羽目になったのだった。

「うぷっ！　きつすぎる……」

必要以上に膨れ上がった腹部をさすりながら、俺とエリーは街中を歩く。

もうお腹の中がスイーツまみれだ。

まさかステラさんの言っていた補給ってのが、スイーツの爆食いだったなんて……

エリーは昔から定期的に、糖分を過剰摂取《かじょうせっしゅ》する癖があるらしい。

流石にこれは初耳である。

というか、全然深い理由なんてなかったな。

「ヤバい、ホントに食べすぎた」

「わたしもお腹いっぱい！　やっぱ元気を付けるにはスイーツだよねぇ」

エリーは、まだまだ余裕な感じだった。

おかしい、俺よりも食べている量は多いはずなのに、余裕そうにピンピンしている。

よく言われることだが、スイーツは別腹ということなのか？

「俺を連れていったのは、お二人様限定だったからだったんだな」

「そう！　ごめんね、連れ回しちゃって。でも先着チケットがとれたからどうしても行きたくて」

「それだったら、ステラさんやハクア辺りを誘えば良かったんじゃ？」

スイーツとか好きそうだし。

「二人は最初に誘ったけど断られちゃってね。貴女の勢いにはついていけないーとか言って」

「あぁ……」

なんとなく、二人が断った理由が分かった気がした。

確かにスイーツを食べている時のエリーは見境がなかった。

まるで飢えた野獣のように爆食していたからな。

俺も結構食べる方だが、エリーのスピードにはついていけなかったほどだ。

そして、周りの注目を浴びることになるのも、二人が拒否した理由な気がする。

隣にいたお客さんなんて、エリーの食べっぷりに終始釘付けだったし。

「ま、たまにはこういうのもいいな。甘いものとかあまり食べないから」

「えぇ～勿体ない！　甘いものは正義だよ」

エリーにとっては一つの原動力となっているのだろう。

いつもと声の抑揚《よくよう》が違った。

なんというか、本気を感じさせる声だ。

そんな談笑をしながら歩いていると、エリーが改めてといった様子で口を開いた。

「……マルくん、付き合ってくれてありがとうね」

「俺の方こそ、エリーにはお礼をしないとって思っていたからちょうど良かった」

「お礼って？」

「あの後、すぐに治療をしてくれたことだ。あの処置がなかったら、一か月どころじゃ済んでなかったって医者に言われたからな」

「ああ、そのことね」

エリーはふふっと笑う。

「当然のことをしただけだよ。むしろお礼を言わなきゃいけないのはわたしの方だよ。マルくんの頑張りとカイザーくんの粘り強さが勝利をもたらしてくれたんだから」

「でも、エリーくらいの実力だったら余裕で勝てたんじゃ？」

「そうとも限らないよ。だってあの時のマルくんは本当に圧倒的だったから。少なくともわたし一人じゃ一撃では倒せなかったと思う」

一撃……か。

実を言うと、俺にはあの時の記憶がほとんどない。

力が湧き上がってきた原因も闇の中だ。

ただ、目の前の敵を倒すのに無我夢中だったのは覚えているけど。

そんな俺に、エリーは笑顔を向ける。

「だからもっと自分に自信を持って！　あれはマルくんだからこそ、圧倒することができたんだと思うから。それに、わたしもあの時のマルくんを見て確信したから」

「確信？」

「わたしの目に狂いはなかったってこと！」

誇ったように、エリーは胸を張る。

そういえば、リナの件で混沌としていた頃、俺のことを真っ先に認めてくれたのはエリーだったな。

あの時、俺に才能があると言ってくれたことが、すごい励ましになった。

たとえお世辞であっても、他人にそう言われたのは嬉しかったのだ。

ずっとずっと、リナに浴びせられる負の言葉に折れそうになりながらも、自分を取り繕ってきたから、他人に認められて気持ちが楽になったんだ。

でも――

「まだまだ頑張らないと。俺はもっと強くなりたいからさ」

誰にも文句を言わせないような、そんな力を手にして。

今度は俺が、今のエリーのように誰かに頼られるような、そんな存在になりたい。

「じゃあ、もっともっと特訓しなきゃだね！」

「ああ。そこでなんだけど、エリー」

「ん～？」

「その……これからも特訓に付き合ってほしい」

今までエリーに言われてやっていたけど、こうして自分から頼むのは初めてだった。

俺はエリーと出会ってから変わりつつある。

腐っていた自分が、どんどん成長している気がするんだ。

「もちろん、わたしは初めてマルくんを指導した日からそのつもりだよ！」

エリーは迷いなく、満面の笑みで答えてくれた。

そして続けて……

「それにマルくんが強くなって名声を上げてくれたら、わたしの株も上がるし！　先生になるって目標に一歩近づけるからね！」

「それが目的かい……」

「ふふっ、どうでしょ～♪」

意地悪に微笑むエリー。

そういえば、前に魔法を教える先生になりたいって言っていたな。

ならば、俺もエリーの夢を叶えてあげるために頑張らないと。

「おーい、マルク！」

そんな話をしていると、聞き覚えのある声が背後から聞こえてくる。

振り向くと、カイザーがこっちに向かって走ってきていた。

「あ、エレノアさんも一緒だったんですね」

「どうしたんだ、そんなに慌てて」

俺の問いにカイザーは答える。

「祝勝会の場所が決まったから、伝えようと思って。今回はステラさんが予算を奮発してくれたから、結構いいところが取れたぞ～！　なんたって貴族御用達の高級店らしいからな！」

カイザーは嬉しそうにそう話す。

昨日パーティメンバーと繁華街に行ったのは、店探しのためだったわけだ。

「ただ、一つ問題があってよ」

「問題？」

「実は本来なら今日の夜に行う予定だったんだが、団体用の予約席が急に埋まっちまって、この時間しか用意できなかったんだよ」

「ってことは、今からやるのか？」

「そゆこと！　だから今、ステラさんたち幹部がメンバーの招集に向かっているよ」

唐突だな。

俺はこの後、予定がないから行けるけど。

「エリーは大丈夫なのか？」

「わたしなら大丈夫よ。こんな時のことを踏まえて粗方《あらかた》仕事は終わらせてきたし」

流石は仕事人。

先見の明を持っていらっしゃる。

「なら、今から店に来てください。あ、場所はこの紙に書いてあるんで！　それじゃ！」

カイザーは薄い紙切れだけを寄越すと、足早に街中へと消えていった。

いきなり幹事役とは、出世したな相棒。

「ふふふっ、なんか楽しい祝勝会になりそうだね」

「だな」

もうすぐ夕焼けに染まる時間帯。

街は来《きた》る夜に向けて活気を帯びていく。

「わたしたちも行こっか！」

一歩前に出て、振り返りながらエリーはそう言う。

美しい白銀の髪につけてある髪飾りが陽光を浴びて光り輝いていた。

俺も一歩前に出ると、エリーに答えた。

「ああ、行こう！」

これから、俺たちは様々な冒険をしていくことだろう。

今日の出来事は、その最初の一ページに過ぎない。

俺は恵まれた人間だと思う。

最高の仲間に出会えて、これからは最高の環境で生きることができるのだから。

とはいえ、この先には辛いことや苦しいことも待っているだろう。

でも思うんだ。

きっと聖光白夜《ここ》でなら、そしてエリーと一緒なら、きっとどんな困難も乗り越えられると。

だから今日はその記念すべき一日として、噛みしめておこう。

一生の思い出として、胸に刻んでおこう。

きっとこの先には、最高の未来が待っているはずだから。

「無能と蔑まれし魔術師、ホワイトパーティで最強を目指す」

キャラクターデザイン&設定集

マルク
・【黒鉄闇夜《ブラリオン・ダークネス》】⇒【聖光白夜《ルークス・ホーリーホワイト》】
・ヒロインとヒロインの間にいる／繋いでいくというイメージからラインを、向上していくという主人公らしいイメージから△を多用
・片方のみ手袋
ローブの留め具に紋章が入る

リナ
・【黒鉄闇夜《ブラリオン・ダークネス》】リーダー
・トゲトゲしく、落ちていくイメージから▼を多用
・強気なキャラなので、鋭さのある目元に
猫かぶり中
紋章イメージ
エレノア
・【聖光白夜《ルークス・ホーリーホワイト》】リーダー
・仲間を大切にしているイメージから、輪＝円をイメージ
東部の髪飾りのモチーフはエーデルワイス（花言葉は「初恋の感動」）
紋章イメージ

月が導く異世界道中
Tsukiga Michibiku Isekai Dochu
あずみ圭
Azumi Kei
1~16
8.5
TVアニメ化!
2021年7月7日放送開始!
TOKYO MX・MBS・BS日テレほか
月が導く異世界道中
あずみ圭
幸薄男子の成り上がりファンタジー、開幕!
なんでだろう親の都合で異世界へ
読者賞受賞作!
待望の書籍化!
定価：1320円（10%税込）
ustration：マツモトミツアキ
16巻好評発売中!!
CV 深澄 真：花江夏樹
巴：佐倉綾音 澪：鬼頭明里
監督:石平信司 アニメーション制作:C2C
レシート応募プレゼント
キャンペーン実施中!!
2021年6月4日～2021年9月30日まで
詳しくはこちら
月が導く異世界道中
1
あずみ圭
木野コトラ
とことん不運、されどチート!!
29万部
漫画：木野コトラ
●各定価：748円（10%税込）●B6判
コミックス1～9巻好評発売中!!

超貴族主義の国で奴隷のように働かされていた鑑定士の青年、アルト。毎日の重いノルマによって過労死寸前になっていた彼はある日、職場で出くわした敵国の軍人に才能を認められ、亡命してくるよう勧めてもらった。人生をやり直すチャンスと思い、亡命を決意するアルト。めでたく新天地でスローライフを送るかと思いきや……あれよあれよと言う間に、アルト自身も軍属となってしまう。しかも彼は成り行きで将軍候補生となり、落ちこぼれの少女達の上司となることに!?　アルトは万能鑑定スキルを駆使して彼女達の眠れる素質を開花させ、一流の軍人へと育成していく――!

◉定価：1320円（10%税込）　ISBN 978-4-434-29000-8　◉illustration：桶乃かもく

もふもふが溢れる異世界で
幸せ加護持ち生活！
［著］ありぽん
ARIPON
和やかもふもふファンタジー！
加護持ち1歳児は

もふもふが溢れる異世界で
幸せ加護持ち生活！
［著］ありぽん
神様のお詫びで異世界の侯爵家に転生！
加護持ち1歳児は
最強魔獣たちと自由気ままに成長中！
和やかもふもふファンタジー！

この作品に対する皆様のご意見・ご感想をお待ちしております。

おハガキ・お手紙は以下の宛先にお送りください。

【宛先】

〒 150-6008 東京都渋谷区恵比寿 4-20-3 恵比寿ｶﾞｰﾃﾞﾝﾌﾟﾚｲｽﾀﾜｰ 8F
（株）アルファポリス　書籍感想係

メールフォームでのご意見・ご感想は右のＱＲコードから、
あるいは以下のワードで検索をかけてください。

アルファポリス　書籍の感想　検索

ご感想はこちらから

本書は Web サイト「アルファポリス」（https://www.alphapolis.co.jp/）に投稿されたものを、改題、改稿、加筆のうえ、書籍化したものです。

無《む》能《のう》と蔑《さげす》まれし魔《ま》術《じゅつ》師《し》、ホワイトパーティで最強《さいきょう》を目《め》指《ざ》す

詩葉豊庸（ことはとよのり）

2021年 7月 31日初版発行

編集－村上達哉・宮坂剛
編集長－太田鉄平
発行者－梶本雄介
発行所－株式会社アルファポリス
〒150-6008 東京都渋谷区恵比寿4-20-3 恵比寿ｶﾞｰﾃﾞﾝﾌﾟﾚｲｽﾀﾜｰ8F
TEL 03-6277-1601（営業）　03-6277-1602（編集）
URL https://www.alphapolis.co.jp/
発売元－株式会社星雲社（共同出版社・流通責任出版社）
〒112-0005 東京都文京区水道1-3-30
TEL 03-3868-3275
装丁・本文イラスト－十風（https://www.toufu-portfolio.com/）
装丁デザイン－AFTERGLOW
印刷－図書印刷株式会社

価格はカバーに表示されてあります。

落丁乱丁の場合はアルファポリスまでご連絡ください。

送料は小社負担でお取り替えします。


ISBN978-4-434-29116-6 C0093